VERNICHTET

MELISSA F. MILLER

Übersetzt von
ELKE WILL

BROWN STREET BOOKS

Brown Street Books
c/o Melissa F Miller Inc
4900 Carlisle Pike
Suite 282
Mechanicsburg, PA, USA 17050

1

Olivia Santos entfernte das Ansteckmikrofon vom Ausschnitt ihres rosafarbenen Seidentops und ließ es in die Innenseite des Oberteils fallen, wobei sie zitterte, als der kalte Draht an ihrer bloßen Haut herunter glitt. Dann griff sie nach hinten an ihr Kreuz und löste das Sendegerät vom Bund ihrer schwarzen Hose. Sie wickelte den Draht sorgfältig um das klobige rechteckige Gehäuse und reichte die Ausrüstung dem Tontechniker, der in der Nähe stand.

»Bitte schön, Sean.«

Er nickte und errötete wie rote Bete. »Danke, Ms Santos. Sie waren großartig heute.«

Sie lächelte. »Nett zu hören. Hoffen wir, dass Ihre Zuschauer der gleichen Meinung sind.«

Cade Bracken, der Moderator von ›Politvorschau‹ näherte sich und der Tontechniker huschte von der Bühne, als ob er nicht schnell genug davonkommen könnte. Offenbar waren die Gerüchte über Cades Temperament wahr. Er hatte sich Olivia gegenüber nie in einem schlechten Licht gezeigt, aber das Gerücht kursierte.

»Oh, unsere Zuschauer sind sich einig, Olivia. Sie sind unser beliebtester Gast, jedes Mal, wenn Sie einen Beitrag bringen. Sie sollten erwägen, es auf Dauer zu machen. Wir könnten einen engagierten Kommentator aus der Geheimdienst-Community gebrauchen.«

Sie lächelte kränklich und unterdrückte ein Schaudern. *Schreck lass nach, bloß nicht.* Sie machte diese sporadischen Auftritte nur auf Anraten ihres Anwalts – und ihres persönlichen Sicherheitsberaters. Ein verbrannter ehemaliger CIA-Agent ist unter allen Umständen eine verlockende Zielscheibe für einen Mordanschlag. Aber einer, der einen kompletten korrupten Senatsunterausschuss ausgeräumt hatte? Ja, sie war eine wandelnde tote Frau.

Ihr Instinkt befahl ihr, strategisch vorzugehen,

irgendwo da draußen unterzutauchen und zu warten, bis Gras über die Sache gewachsen ist. Ryan Hayes, der Staatsanwalt, der die Anklagen bearbeitete, und Jake West, ihr Sicherheitsguru, hatten sie überzeugt, genau das Gegenteil zu tun: Presseinterviews, Fernsehauftritte, ein völlig abgefahrener Buchvertrag. Alles diente dazu, sie in der Öffentlichkeit zu halten, nach dem Motto, dass die Ermordung einer öffentlichen Person ein zu großes Risiko für die vielen, vielen mächtigen Leute war, die sie tot sehen wollten.

Manchmal träumte sie jedoch davon, ihre Chance zu ergreifen, wenn es die Rückkehr zu einem ruhigen, privaten Leben bedeutete. Vielleicht nach dem Prozess, grübelt sie. Sie könnte sich in Shenandoah Falls verkriechen, am See sitzen, beobachten, wie die Blätter ihre Farbe wechselten.

Sie bemerkte, dass Cade auf die Antwort einer Frage wartete, die sie nicht gehört hatte. »Wie bitte, könntest du das wiederholen?« Sie blinzelte unschuldig.

»Ich *sagte,* was hältst du von dem Gerücht, dass wir im Begriff sind, einen Friedensvertrag mit Boko Haram auszuhandeln?«

Sie runzelte die Stirn. »Entschuldigung, was?«

»Mach jetzt nicht das Ding da mit deinem

Gesicht, Olivia. Wenn du eine Zukunft im Fernsehen haben willst, darfst du nicht mit Furchen und Runzeln herumlaufen.« Als Beweis verwies er auf seine eigene faltenlose Stirn.

Sie entspannte ihr Gesicht. »Richtig. Danke. Nun was ist jetzt mit Boko Haram?«

»Es tut mir leid, *ich* kenne nicht die Details. Ich dachte schon, du wüsstest mehr. Man sagt, es wäre ein Waffenstillstand in Arbeit und dass das US-Militär mittendrin steckt.«

Sie schüttelte den Kopf. »Das kann nicht stimmen, Cade.«

Er grinste triumphierend. »Das hat mir meine Informationsquelle gesagt. Es gibt keine Möglichkeit, dass unsere Regierung einem Terroristen klein beigeben würde. Nicht wahr?«

»Richtig. Verrätst du mir, wer deine Quelle ist?« Sie flatterte mit den Wimpern.

Das brachte ihr ein Grunzen ein. »Du kannst keine Informationen aus einem schwulen Mann herausflirten, Olivia. Zumindest nicht aus diesem. Und ich bin ein Journalist der alten Schule. Ich enthülle *niemals* meine Quellen.« Er machte eine bedeutungsvolle Pause. »Du kannst ja mal versuchen, deine Freude beim Potomac Private

Services zu fragen. Vielleicht haben die etwas gehört.«

Gerade wollte sie ihn nach Details ausquetschen, als eine schwer mitgenommen aussehende Produzentin über die Bühne raste, zwischen die beiden zum Halt schlitterte und mit einem bedrohlichen Finger auf den Zeitplan auf ihrem Tablet tippte.

Olivia verließ das Studio mit starkem Herzklopfen. Potomac war der letzte Ort, an dem sie herumstöbern konnte, um Informationen zu sammeln. Obwohl Jake das Unternehmen gehörte, traf sie sich nie mit ihm in seinem Büro. Sie rief ihn dort nicht einmal an – nur auf seinem persönlichen Handy. Das Risiko, Trent Mann in Potomac über den Weg zu laufen, war zu groß. Obwohl ausgerechnet Trent wahrscheinlich die beste Informationsquelle über Boko Haram wäre.

Trent.

Er hatte ihr innerhalb von einem Tag das Leben gerettet und das Herz gebrochen. Trotz seines gegenteiligen Versprechens war er ohne einen Blick zurück aus ihrem Leben verschwunden.

Sie hatte sich zum Affen gemacht, als sie ihn anrief, nachdem die Scheidung von Mateo beantragt war. Und noch einmal, als die Anklagen gegen den

Unterausschuss erhoben wurden. Und *erneut,* als Jake ihr erzählte, dass Trent bei einem spektakulären Unfall auf der Rennstrecke einen Totalschaden mit dem Rennwagen verursacht hatte. Aber er hatte nicht ein einziges Mal zurückgerufen. Also stellte sie die Erinnerung an das Feuer, das zwischen ihnen loderte, in den Hintergrund, errichtete eine schützende Barriere um ihr Herz und blickte nach vorn in die Zukunft.

Sie müsste einen anderen Weg finden, um ihre Neugierde zu befriedigen. Denn für sie befand sich Trent Mann endgültig in ihrem Rückspiegel.

T rent fummelte nach der Fernbedienung, als die Schritte im Flur lauter wurden. Er richtete sie auf den Fernseher und drückte eilig den Ausschalter. Aber Jake erschien gerade im Eingang, als die Musik des Abspanns abgewürgt wurde.

Er gab Trent ein wohlwissendes Grinsen. »Nur mal eben Informationen auffrischen in der ›Politvorschau‹, gell?

Trent zog ein Gesicht. »Was? Nein.«

»Seit wann bist du so ein lausiger Lügner? Ich

dachte, ihr Undercover-Jungs wärt Meister im Bluffen?

»Erstens bin ich im Ruhestand. Zweitens lüge ich nicht«, log er unbeholfen.

Jake lachte. »Sie sah ziemlich gut aus.«

Ziemlich gut war eine Untertreibung. Olivia sah aus wie eine Eiskönigin. Cool, gelassen, elegant. Ihr ärmelloses rosarotes Oberteil hob ihre strahlend blauen Augen hervor und betonte ihre gebräunten, klar umrissenen Bizepse.

»Kann sein«, erwiderte Trent schwerfällig und völlig gedankenverloren.

Jake zog die Augenbrauen zusammen. »Reiß dich zusammen. Ich wollte damit sagen, dass sie gut rübergekommen ist. Wortgewandt, gut informiert, aber bescheiden. Sympathisch.«

Olivia war sehr, sehr sympathisch. Zu sympathisch.

»Nimmt sie an einem Popularitätswettbewerb teil, von dem ich nichts weiß?«

»Woher solltest *du* das wissen? Soweit ich weiß, hast du seit der besagten Nacht, in der alles passiert ist, nicht mehr mit ihr geredet.«

Trent schaute weg, antwortete aber nicht.

»Ziemlich beschissene Art und Weise, wie du jemanden behandelst, den du angeblich magst.«

»Das tue ich nicht.«, fauchte er.

Unbeeindruckt fuhr sein Chef und Freund fort: »Wenn du es getan hättest, dann würde ich dir Brief und Siegel geben, dass du dich wie ein Volldepp benimmst.«

»Lass ruhen, Jake.«

Jake starrte ihn einen langen Moment an und zuckte dann mit den Achseln. »Wie du willst. Ich bezweifle, dass Carla gewollt hätte, dass du den Rest deines Lebens als elender Einsiedler lebst, aber bitte, wer nicht will, der hat schon.«

»Hier geht es nicht um Carla.«

»Sondern?«

»Nein. Olivia ist verheiratet.«

»*War* verheiratet. Sie ist es nicht mehr, und ich weiß, dass du es auch weißt.«

Er hatte recht. Sie hatte ihm eine Nachricht hinterlassen, als sie das Scheidungsverfahren eingeleitet hatte, und Ryan hatte es erwähnt, als die Scheidung ausgesprochen wurde. Er konnte sich noch nicht einmal selbst den wahren Grund erklären, warum er sie gemieden hatte.

Das ist nicht unbedingt wahr, beschimpfte er sich innerlich.

»Ich nehme an, du bist nicht hier, um über Olivia zu sprechen.«

Jake warf einen Aktenordner auf Trents

Schreibtisch. »Da du ja immer noch außer Dienst bist, dachte ich, du könntest das für mich prüfen.«

Trent hatte sich drei Rippen und das linke Handgelenk gebrochen, als er den Mustang zu Schrott gefahren hatte. Es heilte gut, aber er konnte erst wieder mit einem Schüler ins Auto zurück, wenn das Handgelenk hundertprozentig in Ordnung war. Also hatte er alle möglichen Schreibtischpflichten bei Potomac übernommen. Er wäre so gerne wieder hinterm Steuer, aber seine Aufgaben vermittelten ihm eine neue Beurteilung der Analytiker.

»Was ist das?« Er öffnete den Ordner.

»Die NSA hat in den üblichen dunklen Ecken des Cyberspace etwas geplaudert. Gerüchten zufolge verhandelt jemand innerhalb des US-Militärs mit Dschihadisten in Nigeria, um den Präsidenten zu stürzen und ein neues Regime zu etablieren.«

Trent ließ den Ordner fallen. »Nigerianische Dschihadisten? Wie bei Boko Haram?«

»Deine Vermutung ist besser als meine. Du warst derjenige, der in Abuja stationiert war. Aber ja, genau das ist der Gedanke.«

»Es ist absolut unmöglich, dass das Pentagon einen terroristischen Staat unterstützen würde, Jake.

Auf gar keinen Fall. Wenn jemand herumdümpelt, dann sind es die Spitzel bei der CIA.«

»Das hatte ich auch erst gedacht.« Aber das Gerücht suggeriert etwas Anderes. Schau doch mal in die Akten. Es sei denn ... es fällt dir schwer. Wegen, na du weißt schon, deiner Geschichte.«

Seine Geschichte. Was für eine verfluchte Art und Weise zu sagen ›lass deine Partnerin und Liebhaberin in einen Hinterhalt von Boko Haram laufen, damit sie abgeschlachtet wird.‹

Trents Herz hämmerte schmerzhaft gegen seine gebrochenen Rippen. Er schob den Ordner über den Schreibtisch. »Ich glaube nicht, dass ich der richtige Mann dafür bin, Jake. Tut mir leid.«

Jake betrachtete ihn einen Moment, drehte den Ordner wieder um und schob ihn zurück. »Denk noch mal drüber nach. Die NSA hat uns das aus einem ganz bestimmten Grund gebracht.«

Trent kaute auf seinem Daumennagel. Es war keine Überraschung, dass die National Security Administration, Jake die Führung zugewiesen hatte. Potomac hatte den Ruf, eine andere Art von PMC zu sein. Viele private Militärdienstleister waren begeisterte Gesetzesbrecher, für jede schmutzige Tat, blutige Liquidierungen und jede beliebige käufliche widerliche Aktion bereit. Soldaten auf Steroiden ohne jegliche Kontrolle oder Schutzgeländer, um sie aufzufangen. Nicht Potomac. Jake hatte Potomac zu einem Ort gemacht, an dem die Ethik eines Mannes niemals in Konflikt mit seinem Auftrag stand. Wo Ehre, Pflicht und Integrität tatsächlich noch etwas wert waren.

Aber konnte sich Trent selbst zutrauen, eine Untersuchung gegen Boko Haram zu übernehmen, ohne seine Beziehung zu Carla und ihr grauenhaftes Ende erneut durchleben zu müssen? Könnte er es ertragen, dem Geist zu begegnen, der ihn auf Schritt und Tritt verfolgte?

»Ich weiß nicht, Jake.«

»Überleg eine Weile. Entscheide dich nicht sofort.«

Jake drehte sich um und ging hinaus. Trent ließ den Kopf in die Hände fallen, schloss die Augen und schob die Bilder weg, die ihn gerade heimsuchten.

2

Olivia verfluchte das mangelnde anständige Kochgeschirr in der möblierten Wohnung, als ihre Rühreier wieder einmal am Pfannenboden hafteten und übermäßig braun und knusprig waren. Sie vermisste nicht viel an Mexiko-Stadt, aber sie vermisste die gute Küche des professionellen Kochs in Mateos Villa – ganz zu schweigen vom echten, lebenden Profikoch selbst.

Sie kratzte das Chaos auf einen Teller und überschwemmte es mit scharfer Soße. Ihr Motto lautete: »Wenn du es nicht ordentlich zubereiten kannst, würze es.« Sie schenkte sich eine frische Tasse Kaffee ein und nahm ihre erbärmliche Mahlzeit mit an die Frühstückstheke. Während sie ihr verspätetes Frühstück aß, las sie die internationalen Schlagzeilen auf ihrem Handy. Es gab keinen Hinweis auf Cades Boko-Haram-Gerüchte, weder in einer nordamerikanischen noch in einer europäischen Zeitung. Schließlich fand sie einen Artikel, versteckt in der Rubrik internationale Politik einer kleinen australischen Zeitung.

Ein anonymer australischer Militärbeamter wies die Vorstellung zurück, dass irgendeine westliche Regierung die Entstehung eines dschihadistischen Staates in Nigeria unterstützen würde. Der anonyme Beamte ging weiter auf die Trainingsübungen ein und unterstützte die Aussies, die Truppen in den benachbarten Niger im Kampf gegen Boko Haram geschickt hatten. Das Zitat endete mit einem frechen Seitenhieb gegen die CIA:

›Man hofft aufrichtig, dass unsere Freunde in den Staaten, die wohl gelernt haben, dass der geheime Wechsel eines Regimes nur selten zum Sturz von dschihadistischen Regierungen führt, sich damit zurückhalten werden, einen *Putsch* mit der Absicht anzustiften, eine solche zu etablieren.‹

Sie war zwar nicht mit dem sarkastischen Unterton einverstanden, aber prinzipiell stimmte sie zu. Die CIA hatte eine lange, weitgehend katastrophale Vergangenheit, mit einer Liste von

Geheimoperationen mit dem Ziel, im Nahen Osten demokratische oder zumindest antiterroristische Regierungen zu etablieren. Die Vorstellung, dass irgendein Bereich der US-Regierung Hand in Hand mit einer rebellischen terroristischen Organisation in Westafrika zusammenarbeiten würde, war absurd.

Es sei denn, man ist Geschichtsstudent. Immerhin waren die ursprünglichen Bananenrepubliken Mittelamerikas Diktaturen, die von der CIA an die Macht geputscht wurden, um amerikanische Obsthändler zu beruhigen. Aber selbst der Geheimdienst kam nicht daran vorbei, den Unterschied zwischen der United Fruit Company, jetzt Chiquita Brands International, und Boko Haram anzuerkennen. War doch so, oder? Abgesehen davon war es ja nicht so, dass die Dschihadisten die Kassen amerikanischer Unternehmen füllten oder an der NASDAQ gehandelt wurden, argumentierte sie. Was wäre die richtige Motivierung?

Könnte es ihr denn nicht schnurzpiepegal sein, was der Geheimdienst tat oder nicht? Immerhin hat man sie ohne eine ›Danke für Ihre Dienste‹ rausgeschmissen. Sie schob die erstarrten Eier weg und nagte an ihrer Unterlippe. Ihr Interesse am

Boko Haram-Gerücht hatte nichts mit der CIA, aber einzig und allein mit Trent zu tun. Das musste sie wohl oder übel zugeben. Trent und sein Geschwader hatten so viel geopfert, um die Dschihadisten in Nigeria zu bekämpfen. Carla Ricci hatte das größte Opfer gebracht.

Wenn sie nur einen Vorwand fände, um Elle anzurufen. Marielle Moreau, die digitale Targeterin im Directorate of Digital Innovation beim CIA.« Olivias Hand schwebte über dem Handy. Nach einem kurzen Moment schüttelte sie den Kopf. Sie durfte Elle nicht damit hineinziehen. Nicht in diesen Fall. Nicht nach dem Risiko, das Elle für sie bereits eingegangen war. Und nicht mit der laufenden Anklage gegen Senatorin Anglin und den Rest ihres Senat-Unterausschusses.

Sie stieß einen Seufzer aus, stand auf und griff nach ihrem Teller. Sie kippte die kalten Eier in den Mülleimer und warf den Teller mit mehr Kraft, als unbedingt nötig war, in die Spüle. Sie betrachtete den wachsenden Stapel von schmutzigem Geschirr, der sehnsüchtig darauf wartete, gespült zu werden. Aber zuerst etwas joggen. Sie war nervös und gereizt. Etwas Energie zu verbrennen würde helfen. Sie schlüpfte in eine hautenge Trainingshose, zog ein langärmliges T-Shirt über und schnürte gerade ihre Schuhe, als das Telefon klingelte.

Sie eilte zur Kücheninsel, um den Anruf anzunehmen. »Hallo?«

»Hallo Liv. Äh, ich bins. Chelsea«, sagte ihre Cousine.

»Ich weiß. Du bist einer der fünf Menschen auf dem ganzen Planeten, die diese Nummer haben.«

Ihre Mutter, Chelsea, Ryan, ihre Scheidungsanwältin Clare Robinette und Jake. Alles andere ging über Jake und sie machte ihre ausgehenden Anrufe von einem Wegwerfhandy, das sie monatlich ersetzte.

»Wow, okay. Nun, das erklärt, warum mich der Fenstertyp angerufen hat und nicht dich.«

»Der Fenstertyp?«

»Ja. Erinnerst du dich, dass du gesagt hast, du würdest sämtliche Fenster im Seehaus erneuern lassen?«

»Klar.«

Es schien das Mindeste zu sein, was sie tun konnte, nämlich für eine Erneuerung zu bezahlen. Immerhin war sie verantwortlich dafür, dass die deckenhohen Fenster bei einer Schießerei zerstört wurden. Doch das Projekt zog sich hin. Offenbar hatten die Fenster keine Standardgröße und mussten kundenspezifisch hergestellt werden. Dann stellte sich heraus, dass die Originalrahmen aus einem schwarzen Nussbaumholz gefertigt waren, das damals, als das Haus gebaut wurde, billig und im Überfluss vorhanden war, jetzt aber sowohl unverhältnismäßig teuer als auch unglaublich schwer zu beschaffen war.

»Also...«

»Spuck sie schon aus die schlechten Nachrichten«, sagte sie zu ihrer Cousine. Wenn es um den Austausch der Fenster ging, gab es keine guten Nachrichten.

»Es ist nicht schlecht«, versprach Chelsea. »Nur etwas ... Unbequem. Ralph – das ist der Typ mit den Fenstern – also er möchte sich mit jemandem im Haus treffen, um den Fleck, oder etwas in der Richtung, abzusegnen. Ich würde es für dich tun, Liv, glaube mir, aber im Moment ist es meine geschäftigste Zeit des Jahres.«

»Nein, natürlich.« Chelsea war wirklich ein Engel. Ohne sie hätte Olivia ihr halbes Leben damit verbracht, von den Shenandoah Falls hin und her zu fahren und sich mit den explodierten Fenstern zu beschäftigen. Aber ihre Cousine musste ein Geschäft leiten.

»Danke«, seufzte Chelsea ihre Erleichterung

durchs Telefon. »Ich habe da diese Gruppe, die zu einer Wildwasser-Rafting-Expedition kommt. Ich kann es unmöglich jemandem anderen übergeben und – «

»Ehrlich, das ist kein Problem.«

»Ich bin mir sicher, dass du auch viel zu tun hast.«

Olivia konnte fast durchs Handy beobachten, wie ihre Cousine die langen Haare um den Finger wirbelte und daran zerrte. Es war ihr nervöser Tic.

»Chelsea, ich sitze hier in dieser beigefarbenen möblierten Wohnung und esse Gummieier. Vertrau mir. Ein Tapetenwechsel käme mir recht.«

»Es ist wunderschön zu dieser Jahreszeit. Früher Frühling, die Vögel und all die kleinen grünen Triebe. Aber es wird auch etwas schlammig. Also trage bitte nicht deine supermodernen TV-Klamotten.«

Sie blickte nach unten auf ihr Joggingoutfit. »Kein Grund zur Besorgnis. Ich wusste gar nicht, dass du dir die ›Politvorschau‹ anschaust.«

»Tu ich auch nicht. Aber als mir Tante Jayne sagte, dass du im Fernsehen bist, bin ich früh aufgestanden, um dein schönes Gesicht auf meinem Bildschirm zu sehen.«

»Du fehlst mir, Chels.«

»Du fehlst mir auch. Sobald der Frühlingsrausch zu Ende ist, sollten wir mal ein Wochenende am See zusammen verbringen. So wie früher.«

Bevor eine von uns einen narzisstischen Deppen heiratete und die CIA ihr sagte, sie müsse des Patriotismus wegen bei ihm bleiben.

»Das wäre fantastisch. Aber führt der Frühlingsrausch nicht direkt in einen Sommerrausch bei den Reiseveranstaltern?«

Chelsea lachte. »Ja, in der Tat. Aber in einem Monat oder zwei kommen die College-Kids für die Sommerferien nach Hause. Dann habe ich mehr Hilfe, als ich brauche.«

»Dann verabreden wir uns für den Sommer«, versprach Olivia.

»Prima! Oh, Ralph will am Frühnachmittag um halb drei da sein. Schaffst du es, so schnell dorthin zu kommen?«

Sie warf einen Blick auf die Digitalanzeige der Mikrowelle. »Logo.«

»Gut, ich sag's ihm. Und ich werde dich an unser Wochenende erinnern.«

»Ja, tu das.«

Sie lächelte, als sie den Anruf beendete. Sie zog sich eine warme, kuschelige Strickjacke über, setzte eine Baseballkappe auf und vervollständigte ihr

Outfit mit einer Sonnenbrille. Sie fühlte sich ein wenig lächerlich in dieser Aufmachung, aber das war der Kompromiss, den sie mit Jake und Oberstaatsanwalt Hayes geschlossen hatte. Sie kamen überein, ihr etwas Luft zum Atmen zu geben, so lange sie wie ein alterndes Filmsternchen im Bezirk herumstolzierte.

3

Trent verbrachte den Morgen damit, den roten Aktenordner zu ignorieren, der auf seiner Schreibtischkante lag. Jedes Mal, wenn er ihn im Augenwinkel sah, zog sich sein Magen zusammen. Er war sicher, dass ihm Jake die Akte gegeben hatte, weil er jemanden brauchte, um das Gerücht zu überprüfen. Aber er war sich ebenso sicher, dass Potomac viele erfahrene Analytiker hatte, die qualifizierter waren als er, mit solchen Sachen umzugehen.

Er tippte mit dem Stift gegen die Zähne und beäugte den Ordner. Dann stand er auf, streckte sich und dehnte den Nacken. Nachdenklich lief er vor dem Fenster hin und her. Er könnte zum Schießstand fahren und ein paar Schießübungen machen. Oder er könnte ins firmeneigene Fitnessstudio gehen und trainieren. Verflucht noch eins, er würde sogar die Übungen machen, die ihm der Physiotherapeut verschrieben hatte – alles, um seine Genesung zu beschleunigen und ihn aus dem Schreibtischdienst zu holen. Es gab eine Menge Dinge, die er tun könnte, die nichts damit zu tun hätten, diesen Ordner zu öffnen.

Er war schon halb aus der Tür, als sein Handy vibrierte. Er schaute aufs Display: *Omar (persönlich).*

»Was ist los? Muss du nicht arbeiten?«

Omar rief tagsüber selten an. Undercover-Arbeit für die Drogenfahndung eignete sich nicht für persönliche Anrufe.

»Oh, ich arbeite. Ich sitze ohne triftigen Grund in einem baufälligen Lagerhaus außerhalb von Tannerville. Nur eine Horde von Schwachköpfen würde am helllichten Tag Designer-Psychopharmaka im Wert von schätzungsweise 80 Millionen Dollar transportieren. Dennoch sitze ich hier und bin mit der größten Verschwendung von Steuergeldern beauftragt, die sich Observierung nennt.« Sein Frust sickerte durchs Handy.

»Kumpel, das ist echt beschissen. Rufst du an, um dich vor unserem Billardspiel heute Abend zu drücken? Ich verstehe, wenn du nicht für eine neue Abreibung bereit bist.«

Omar schnaubte. »Verdammt unwahrscheinlich. Ich denke, dass sich meine besten Chancen, den Boden mit dir aufzuwischen, in Luft auflösen, sobald dein Handgelenk geheilt ist. Nein, ich rufe dich an, um in Erfahrung zu bringen, was du von diesem Sampson-Ding hältst.«

»Was für ein Sampson-Ding?«

»Du hast es noch nicht gehört? Dein ehemaliger Chef ist zurückgetreten.«

»Mach Witze.«

»Nein, das ist kein Witz.«

Er lehnte sich an den Türrahmen und verdaute die Nachricht. Konteradmiral Lloyd Sampson war nicht wirklich sein *Chef* gewesen. Aber als Kommandant des Marine-Sondereinsatzkommandos *war* der Konteradmiral letztlich für die SEALs verantwortlich gewesen, und er hatte persönlich Trents ehrenhafte Entlassung unter der Bedingung abgesegnet, dass Trent für Jake arbeiten würde.

»Jemand zuhause?«

»Ja. Irgendeine Idee, warum?«

Der Konteradmiral war ziemlich jung – zumindest was normalerweise üblich war – und die

Intelligenzbestien im Hintergrund sahen ihn schon als zukünftigen Verteidigungsminister.

»Nein, deswegen rufe ich dich an. Dachte, jemand bei euch hätte Insiderinformationen. In den Nachrichten sagt man, dass er mehr Zeit mit seiner Familie verbringen will.«

Trent zog die Stirn in Falten. »Ja, richtig. Seine Kinder sind erwachsen und ausgeflogen, und seine Frau ist die Dekanin einer Universität. Ich glaube nicht, dass sie viel Freizeit hat.«

»Boh!«

»Ja, boh. Ich wusste gar nicht, dass ihr Jungs von der Drogenfahndung solche Klatschtanten seid.«

Omar bellte ein Lachen heraus. »Meinst du das ernst? All diese Organisationen sind schlechter als die Kantinen einer Mittelschule mit der heißen Gerüchteküche. Aber im Allgemeinen langweilt mich das. Ich hab das Internet vom Anfang bis zum Ende durchgeblättert. Und ich muss immer noch fünf Stunden totschlagen und auf ein leeres Gebäude starren.«

»Du könntest erwägen, diese freie Zeit zu nutzen. Beispielsweise kannst du dir ein paar Videos mit Tipps zum Billardspielen für Anfänger ansehen.«

Omar gab Trent eine besonders kreative und

bunte Beurteilung seines Ratschlags, bevor er auflegte.

Trent lachte und steckte das Telefon ein. Intuitiv drehte er sich um, nahm den roten Ordner vom Schreibtisch und steckte ihn in die Sporttasche, bevor er das Büro verließ. Auf dem Weg zum Fitnessstudio machte er einen Abstecher zu Jakes Büro und klopfte an die halb geöffnete Tür.

»Komm rein.«

Er drückte die Tür auf. »Wusstest du, dass Sampson seine Sterne an den Nagel gehängt hat?«

»Ja, dir auch einen guten Tag. Und, ja, ich habe gerade die Nachrichten über *Konteradmiral* Sampson gehört.«

»Merkwürdig, findest du nicht?«

Jake hob beide Handflächen hoch und streckte die Unterlippe vor. »Nicht wirklich. Ich meine, sicher, die Geschichte, mehr Zeit mit seiner Frau verbringen zu wollen, ist Blödsinn. Kein Zweifel, dass er kurz vor einem Skandal oder sowas aussteigt. In ein oder zwei Wochen werden wir erfahren, dass er einem Kumpel einen Navy-Vertrag vermittelt oder dass er eine Affäre mit einem Mädchen - oder Typen - unter seinem Kommando hat.«

»Und ich dachte immer, ich wäre hier der Zyniker.«

»Bist du auch«, sagte Jake zu ihm. »Ich bin der Realist.«

»Es könnte eine andere Art von Skandal sein«, sinnierte Trent.

»Zum Beispiel?«

»Dass Sampson – entschuldige bitte, also dass der Konteradmiral – von einer geplanten Operation oder Mission erfahren hat, die er nicht verdauen konnte.«

Jake betrachtete ihn einen Moment lang mit ungewöhnlich düsteren Augen. »So etwas wie ein Plan der US-Regierung, Boko Haram in Nigeria zu unterstützen?«

»Zum Bleistift.«

Trent spürte, wie der Muskel in seiner linken Wange zuckte. Jakes Augen bemerkte es und nahm die unterdrückte Emotion zur Kenntnis. Trent mimte ein zwangloses Lächeln.

»Bedeutet das, dass du dich entschieden hast, den Auftrag zu übernehmen?«

»Nein.«

»Bist du dir da ganz sicher?«

»Ja, ich bin sicher.«

»Ich glaube nicht eine Minute lang, dass du nicht wissen willst, ob das Geschwätz wahr ist.«

»Glaub es aber. Ich will es nicht.«

Jake warf ihm einen skeptischen Blick zu, sagte aber nichts.

»Ich bin nur ein einfacher Fahrlehrer mit einem kaputten Arm und ein paar gebrochenen Rippen. Wenn es *tatsächlich* wahr ist, was soll ich dagegen tun? Nichts.«

»Ja, das bist du – ein einfacher Fahrlehrer. Einer, der vor noch nicht allzu langer Zeit im schwarzen Geschwader gedient hat. Und der einst einer der acht besten Schützen im US-Militär war.«

Sag es nicht, sag es nicht, sag es nicht.

»Fünf.« Er hat es gesagt.

»Wie bitte?«

»Einer der fünf besten Scharfschützen.«

Ein wissendes Lächeln breitete sich über Jakes Gesicht aus, und Trent merkte, dass er in eine Falle getappt war.

»Und nichts von alldem bedeutet einen Scheißdreck. Diese...Sache...ist etwas völlig anderes.«

Jake wurde sehr schnell ernst. »Da hast du recht. Wenn es stimmt, dann ist diese Sache wirklich etwas völlig anderes. Eine gefährliche Sache, eine, die man zerquetschen muss, bevor sie Wurzeln fasst.«

»Ich bin nicht der Richtige dafür.«

Sie sahen sich für einen langen, stillen Moment

an. Jakes Handy klingelte laut und schrill in der schweren Luft. Er blickte auf das Display.

»Den Anruf muss ich annehmen.«

Trent drehte sich wieder zum Flur um. »Bis später.«

»Nein, warte. Ich möchte unser Gespräch beenden. Es dauert nicht lange.«

Trent ließ sich auf einen Stuhl fallen und Jake nahm den Anruf an.

»Olivia, ist alles in Ordnung?«

Olivia.

Helle, blaue Augen – irgendwie voller Eis aber auch gleichzeitig Feuer. Glänzende, blonde Haare, die nach Gewürze und Citrus rochen. Ein herzförmiges Gesicht, so ernst und nachdenklich in der Ruhestellung, aber so leuchtend, wenn ein Lächeln ihre Wangenknochen betonte. Ihr Mund, warm und einladend. Ihre Haut, heiß und weich gegen seine gedrückt.

Sie war atemberaubend. Aber es ist viel mehr als. Ihr kühles Vertrauen und ihre unerschütterliche Entschlossenheit. Ihr blitzschnelles Denken. Ihre Stärke. Ihr Lebenssinn. Sie war wie die bessere Kopie von ihm selbst. Eine Person, die er nie sein könnte. Und die Partnerin, die er niemals verdienen

würde. All das machte ihre Anziehungskraft so
bestrafend.

Er drückte seine rechte Hand gegen das Band, das
um seine gebrochenen Rippen gelegt war, um sich von
dieser mentalen Entgleisung durch einen beißenden,
durchdringenden Schmerz abzulenken. Dann
beendete Jakes angespannter Ton abrupt seine Misere.

»Nein. Ich bin mir nicht sicher, ob das eine gute
Idee ist. Das darfst du nicht tun.«

Nicht dürfen? Trent fragte sich, wie Olivia auf
nicht dürfen antworten würde. Die Antwort kam
recht schnell.

Jake zuckte zusammen und hielt das Telefon von
seinem Ohr weg. Olivias wütende Stimme dröhnte
wie ein Lauffeuer durch den winzigen Lautsprecher.
Trent unterdrückte ein Lachen.

»Olivia. Olivia! Ich werde jetzt die
Freisprecheinrichtung einschalten, damit mein
Trommelfell nicht platzt.«, brüllte Jake in die
allgemeine Richtung des Telefons und stocherte auf
dem Display herum. »Okay. Du bist jetzt auf der
Freisprecheinrichtung.«

Trent schoss ihm einen Blick zu. *Sag ihr bloß
nicht, dass ich hier bin.* Jake nickte.

Olivias stahlklare Stimme schnitt durch die Luft

wie eine Klinge. »Ich habe dich nicht wegen deiner Erlaubnis angerufen, Jake Ich habe nur zugestimmt, dass ich es dir mitteile, sobald ich den Bezirk verlasse. Also lasse ich es dich hiermit wissen.«

»Das ist keine gute Idee. Gib mir ein paar Stunden, um ein Team zusammenzustellen und ich schicke dir eine Eskorte.«

»Ich brauche keinen Babysitter, um eine Reihe von Fenster zu genehmigen. Aber ich werde im Seehaus kein Mobilfunknetz haben. Also wollte ich dir nur mitteilen, wo ich bin. Das ist alles.«

Trent stellte sich gerade vor, wie sie die Worte zwischen zusammengebissenen Zähnen herausquetschte. Er schüttelte den Kopf. Ins Seehaus zu gehen war keine schlechte Idee; es war eine miserable Idee.

Jake sagte, was Trent dachte. »Du kannst nicht ins Seehaus fahren. Es ist dein letzter bekannter Standort.

Sie atmete mit Nachdruck aus. »Dessen bin ich mir bewusst. Aber die Fenster sind schon vor mehr als einem Monat beschossen worden und explodiert. Offenbar nisten bereits Vögel im Wohnzimmer. Der Fenstertyp besteht darauf, dass jemand zum Seehaus kommt und meine Cousine muss arbeiten.«

»Sicherlich kannst du jemand anderen finden.«

»Wenn ich jemand anderen finden könnte, Jake, würde ich mir vier Stunden Hin- und Rückfahrt sparen. Es ist kein Ferienausflug. Ich muss etwas Dringendes erledigen. Ich rufe dich an, wenn ich wieder im Bezirk bin, okay?«

Das Feuer in ihrer Stimme war ausgebrannt. Sie wusste, dass Jake nur seinen Job tat, nämlich sie zu schützen.

Jake seufzte. »Gib mir eine voraussichtliche Ankunftszeit für das Seehaus, und wann du wieder in der Wohnung sein wirst.«

»Ich soll diesen Typen gegen halb drei treffen. Ich kann mir nicht vorstellen, dass es länger als eine halbe Stunde dauert, aber das heißt, dass ich auf der Rückfahrt die Umgehungsstraße gerade im Stoßverkehr erreiche. Also, keine Ahnung.«

»Ruf mich an, sobald du auf der Umgehungsstraße bist.«

»Mach ich. Übrigens, gute Arbeit heute in der ›Politvorschau‹. Du hast einen klugen Eindruck gemacht.«

Sie lachte. »Ich *bin* klug, Jake. Aber trotzdem Danke. He, hast du zufällig etwas über einen Deal der US-Regierung gehört, um Boko Haram zu stürzen?«

Ein Schauer durchfuhr Trents Adern.

»Nein«, log Jake, ohne mit der Wimper zu zucken. »Wieso, hast du?«

»Cade hat so etwas nach der Show erwähnt. Und dann habe ich diesen Artikel in der internationalen Presse gelesen, über den ich mich gewundert habe. Wie auch immer, ich dachte einer von euch Jungs wüsste, ob es wahr ist oder nicht.«

›Einer von euch Jungs›, bedeutete Trent. Sein Magen zog sich zusammen und er ballte eine Faust.

Jake hob eine Augenbraue zu Trents Reaktion und antwortete: »Nein. Aber ich würde an deiner Stelle nicht herumstochern. Du hast schon genug um die Ohren.«

Sie schnaubte. »Richtig. Ich habe verdammt viele wichtige Aufgaben, beispielsweise, Fenster aussuchen.«

»Ich meine es ernst.«

»Habe verstanden. Ich melde mich.«

Sie beendete den Anruf. Jake schoss Trent einen unruhigen Blick zu, als er das Telefon wieder in die Tasche fallen ließ.

»Du musst aufpassen, dass sie nicht ihre Nase in diese Angelegenheit steckt.«, betonte Trent.

»Richtig, denn sie ist ja so unglaublich gefügig und gehorsam.«

»Ich meine es ernst. Du bist für ihre Sicherheit verantwortlich.«

»Ich weiß. Aber sie ist erwachsen und Adrenalinstöße und Action gewohnt. *Und* sie langweilt sich zu Tode. Es gibt keine Möglichkeit sie davon abzuhalten.«

»Du könntest mit Ryan reden. Vielleicht kann er sie beschäftigen ... Durchsicht von Prozessunterlagen oder so? Alles Mögliche, um sie vor jeglichem Ärger zu schützen.« Er kämpfte, um die Emotion aus seiner Stimme herauszuhalten.

Jake musterte ihn und ließ sich nicht täuschen. »Willst du den Bericht wirklich nicht für mich machen? Auch nachdem Olivia gerade über dasselbe Gerücht gesprochen hat?«

Das schon wieder?

»Es tut mir leid.« Ich bin nicht der richtige Mann dafür.«

»Da bin ich anderer Meinung, aber gut – dann habe ich einen neuen Auftrag für dich.«

»Ehrlich?«

»Ja, ich möchte, dass du nach Shenandoah Falls fährst, um ein Auge auf die Sicherheit einer unserer Kundinnen zu werfen, die ein Treffen mit einem unbekannten Handwerker hat.«

Er schüttelte den Kopf. »Auf keinen Fall. Ich bin

nicht Olivias Babysitter.«

»Du musst ja nicht mir ihr reden. Sie muss nicht einmal wissen, dass du da bist. Wenn du deinen Job richtig machst, wird sie das auch nie.«

»Komm schon, Jake.«

»Was? Ich brauche jemanden, der auf sie aufpasst. Das Haus am See ist kein sicherer Standort. Gerade du solltest das wissen.«

»Ja, stimmt. Du musst jemanden dorthin schicken – jemand anderen.«

»Ich kann keinen Mann dafür aus einer aktiven Operation herausholen. Du willst nicht den Bericht über das Gerücht machen, also musst du das hier für mich tun. Vergiss nicht, dass du immer noch für mich arbeitest.« Jakes Stimme war klar, deutlich und nicht verhandelbar.

Trent biss die Zähne zusammen, und er nickte. »Ich werde im Wald am See auf Beobachtungsposten gehen.«

»Prima. Warum nimmst du nicht gleich diese Akte mit, falls du dich langweilen solltest?«

Trent warf ihm einen finsteren Blick zu, bevor er ging. Er hing sich die Riemen seines Seesacks über die Schulter und war sich dem roten Aktenordner bewusst, der ganz oben auf seiner Sportkleidung thronte.

4

Olivia brachte das Auto im Carport unter der Veranda zum Stillstand und blickte auf das Seehaus. Der Ansturm der Emotionen beim Anblick überraschte sie. Sie war zwar seit dem Vorfall nicht mehr da gewesen, aber sie hätte nicht erwartet, dass sie bei einer Rückkehr am helllichten Tag so aus dem Gleichgewicht geraten würde. Sie wartete einen Moment, um sich wieder zu sammeln und machte einen Rundgang ums Haus, um zu bestätigen, dass es sicher war. Sie dachte nicht an eine wirklich Gefahr, aber es war ihr bewusst, dass sie sich in einer prekären Lage befand. Vorsicht ist die Mutter der Porzellankiste. Sie ließ eine Hand auf der Pistole ruhen, die sie an der Hüfte trug, um sie an diese Wahrheit zu erinnern.

Das Gelände war ruhig, mit Ausnahme des Raschelns von Eichhörnchen und Streifenhörnchen in den Büschen und dem leisen Gezwitscher der Vögel in den Bäumen. Sie starrte auf die Vorderseite des Hauses mit den klaffenden, zerbrochenen Fenstern – ein Beweis für die Zerstörung und Gewalt, die dort stattgefunden hatte. Sie schloss kurz die Augen und wurde in die Nacht des Vorfalls zurückversetzt.

Das Chaos. Das Klirren von zersplitterndem Glas. Das Echo von Gewehrschüssen. Trent zieht sie zu Boden. Das ungute Gefühl, festgenagelt, verletzlich, ungeschützt zu sein. Elle hämmert an die Hintertür, um hineingelassen zu werden. Die Liebe, die sie für Elles Loyalität und Freundschaft empfand – sie kroch durch den Schlamm im Wald, nur um zu Olivia zu gelangen. Ihre bebende Wut und der Verdruss, als sie erfuhr, dass es die Senatorin war, die sie zum Tode verurteilt hatte.

Schwindelerregende Gefühlsregungen und Details überfluteten sie, die sie sortierte, durcharbeitete und einzeln ablegte. Aber der eine Punkt, den sie ganz und gar nicht ertragen konnte, war weder der Anschlag auf ihr Leben noch die Schießerei oder gar das Blut.

Es war der Kuss.

Es war Trent. Die Hitze in den Augen, als er ihr hoch und heilig versprach, sie zu beschützen. Der sanfte Druck seiner Lippen auf ihren, als er ihr dieses falsche Versprechen machte, dass es kein Abschied wäre. Nach allem, was sie zusammen durchgemacht hatten, wie er zu ihr gehalten hatte, nachdem er sich einen Weg zum Flugzeug gebahnt hatte, nur um sie zu retten – und sie hatte ihm geglaubt.

Und wie ist es ausgegangen? Die Stimme in ihrem Kopf fragte erbittert.

Heiße Tränen sammelten sich in ihren Augen, und sie wischte sie wütend mit dem Handrücken weg.

Zum Glück riss sie das Geräusch von knirschenden Reifen auf dem Kies und das schwache Schnurren eines Motors aus den Erinnerungen. Sie drehte sich zum Geräusch um und schaute auf die Uhr. Ralph, der Fenstertyp war pünktlich. Sie atmete tief ein und langsam aus, und zwang sich, jeden Gedanken an Trent oder irgendwelche Emotionen, die er in ihrem tiefen Inneren bewegte, wegzusperren, während sie auf das Auto wartete.

Trent hielt sich im Wald auf der anderen Seite des Sees versteckt und beobachtete zufrieden durch sein Hochleistungsfernglas, wie Olivia zum Haus fuhr und dann ihre Umgebung abcheckte. Er bemerkte die Wölbung eines Waffenholsters an ihrer schlanken Hüfte, das sich durch das seidige Material ihres langärmeligen Sportoberteils drückte. Er fragte sich, welche Fäden Jake gezogen hatte, um nach ihrer unehrenhaften Entlassung aus der CIA, eine Waffenlizenz für sie zu bekommen.

Sie schlenderte um das Haus herum und ihre langen Beine bewegten sich schnell und sicher über das unebene Gelände. Dann ging sie nach vorne, stellte sich vors Haus und blickte lange darauf. Er fragte sich, ob sie den Vorfall erneut durchlebte, während sie auf die leeren Fenster starrte, in deren Rahmen immer noch zerklüftete Glasstücke klemmten. Er zoomte sie im Fernglas und wünschte sich sehnlichst, sie würde sich umdrehen, um nur einen kurzen Blick auf ihr Gesicht zu bekommen.

Als hätte sie ihn gehört, drehte sie sich um und strich mit der Hand über ihr Gesicht. Er stellte das Fernglas schärfer und erkannte die feuchten

ozeanblauen Augen, die Traurigkeit in den dünnen
Konturen um den Mund herum und die Furche in
der Stirn, als ob sie Schmerzen hätte. Er brauchte
einen Moment, um dieses Bild zu analysieren. Olivia
weinte.

Es traf ihn wie ein Schlag in den Magen. Seine
Beine spannten sich, bereit, zu ihr zu laufen; seine
Arme zuckten und warteten nur darauf, sie
aufzunehmen; sein Mund sehnte sich danach,
beruhigende Worte in ihr Ohr zu flüstern. Er musste
sie trösten. Es bedurfte einer enormen
Willensstärke, um in seinem Versteck zu bleiben.
Nicht zu ihr zu gehen, bereitete ihm körperliche
Schmerzen – scharf und stechend. Aber er ballte
seinen Kiefer und zwang sich, starr an Ort und
Stelle sitzen zu bleiben.

Nach einem Moment hob sich ihre Brust, sie
atmete tief ein und füllte ihre Lungen. Während er
durch das Fernglas beobachtete, wie sie ausatmete,
vernahm er das Grollen eines Motors und das
Knirschen von Reifen auf dem Kies, das ein sich
näherndes Fahrzeug ankündigte. Sie drehte sich um
und wartete auf den weißen Transporter. Dann
beobachtete er, wie sie den Fensterhandwerker mit
einem festen, flotten Händedruck und einem

höflichen Lächeln begrüßte, als wäre sie nicht kurz zuvor von Emotionen aufgewühlt worden.

Trent schluckte hart, um seine eigenen Gefühle zu unterdrücken, als der Mann – Ralph, dem Namen seines Unternehmens auf dem Transporter nach zu urteilen, *Ralphs Restaurationen und Reparaturen* – mit beiden Händen in Richtung Haus gestikulierte und zweifellos die Fenster beschrieb, die er installieren wollte. Ralph griff in den Transporter und nahm einen Ordner vom Sitz. Er zog eine Bauzeichnung heraus und entfaltete sie auf der Motorhaube des Transporters. Olivia beugte sich drüber. Sie studierte sie, nickte dann und gestikulierte zum Haus.

Klug. Nimm den Reparaturmann nicht mit hinein.

Er hoffte, dass sie gar nicht hineingehen würde. Er könnte es nicht ertragen, wenn sie die Erinnerungen an diese Nacht ohne seine moralische Unterstützung durchstehen müsste. Gleichzeitig konnte er es nicht ertragen, ihr gegenüberzutreten.

Du bist ein Schlappschwanz. Er konnte nicht mit der Stimme in seinem Kopf streiten. Aber er registrierte plötzlich, wem sie gehörte – sein innerer Kritiker war Konteradmiral Sampson in Person. Er beäugte seinen Seesack und war neugierig herauszufinden, was, wenn überhaupt, der Bericht mit Sampson zu tun hatte, und kämpfte mit dem

tiefen Wunsch, die Wunde, die Carlas Tod
hinterlassen hatte, nicht wieder zu öffnen.

Nach einem langen Moment seufzte er,
versicherte sich, dass Olivia und der Handwerker
immer noch die Fassade des Hauses studierten, und
holte den roten Ordner aus der Tasche.

5

Olivia schlich sich durch die Bäume und durchbrach eine Ansammlung von Apfelbeerensträuchern, um auf der Lichtung direkt hinter Trent aufzutauchen. Sie hatte ihn schon eine ganze Weile beobachtet. Ein roter Ordner lag auf seinen Knien und mit gebeugtem Kopf las er aufmerksam, was dort stand. Das Fernglas hatte sein Zielobjekt verlassen und baumelte um seinen Hals.

Sie dachte eigentlich, dass er ihre Gegenwart spürte und sich umdrehte, aber das Lesematerial musste packend gewesen sein, denn er merkte nicht, dass sie ihn hautnah beobachtete. Eigentlich hatte sie es nicht geplant, hierher zu gehen und jetzt war sie unsicher. Sie wartete noch einen Moment, aber er las weiter. Schließlich bewegte sie sich auf Katzenpfoten, heimlich und geräuschlos, durch das lange Gras. Als sie nah genug war, ihn atmen zu hören, streckte sie den Arm aus und tippte auf seine Schulter.

Aber noch bevor sie ihn berühren konnte, sagte er: »Hallo, Olivia.«

Sie erschrak eine Sekunde lang und kicherte: »Ich dachte, ich hätte dich überrascht.«

Er drehte sich um, um sie anzuschauen und seine haselnussbraunen Augen lachten. »Hättest du auch fast. Ich war abgelenkt.«

»Interessante Lektüre?« Sie neigte ihren Kopf in Richtung des Ordners.

Trent schaute auf seine Knie und schlug den Deckel zu. »Nein, ich arbeite nur etwas Papierkram auf. Plackerei.«

Eine Lüge.

Sie ließ es gelten. »Also wurdest du dazu abgestellt, mich zu babysitten, hä?«

Sie war davon ausgegangen, dass ihr Jake jemanden hinterherschicken würde. Allerdings hätte sie nicht mit Trent gerechnet.

Er hob das Handgelenk an. »Ja, ich bin immer

noch außer Dienst. Ich kann leider nicht im Auto unterrichten, bis mein Handgelenk geheilt ist, also war ich die logische Person.«

Die kalte Logik durchschoss sie wie ein Pfeil und sie knirschte enttäuscht mit den Zähnen. Es war gar nicht, weil er sie sehen wollte. Es war gar nicht, weil er wissen wollte, wie es ihr ging. Er führte einfach nur einen Auftrag aus.

»Sicher. Allerdings etwas schlampig.« Sie konnte dieser Stichelei nicht widerstehen.

Er hob eine Augenbraue, nahm aber den Köder nicht an. »Wie hast du mich gefunden?«

»Ich wusste, dass Jake jemanden schicken würde. Also habe ich den Wald durchsucht, als Ralph, der Fenstermann hochfuhr. Als du dich umgedreht hast, um ihn zu beobachten, wurde die Sonne von deinem Fernglas reflektiert. Ich wusste erst, dass du es warst, als ich näher kam.«

Er zuckte mit den Schultern. »Das hätte ich mir denken können. Nun, ich bin hier, um dich zu beschützen, nicht unbedingt, um mich vor dir zu verstecken.«

»Ich brauche deinen Schutz nicht.«

Die Haut um seine Augen zog sich zusammen, und ein Schatten flatterte über sein Gesicht. Kurz darauf räusperte er sich und verstaute den Ordner mitsamt Fernglas im Seesack.

»Ist dein Fenstermann fertig und packt ein? Fährst du nach DC zurück?«

Sein Eifer, sie loszuwerden, schockierte sie.

»Nein, er macht ein paar letzte Messungen, aber dazu braucht er mich nicht mehr. Er kann das auch von draußen tun. Um ehrlich zu sein, dachte ich erst, er hätte mich hierher gelotst, um mich mit irgendwelchen Verbraucherschutzbestimmungen oder so etwas zu nerven. Ich musste mehr Dokumente für ihn unterschreiben als für die CIA, als ich mein Leben riskierte.«

Sie erwartete ein Lachen – oder zumindest ein Lächeln. Doch Trent zog die Stirn in Falten. Sein Runzeln signalisierte Skepsis und Sorge.

»Aber die Fenster sind immer noch kaputt. Sie sind nicht komplett abgedeckt. Wenn er wollte, könnte er ins Haus eindringen.«

Sie beobachtete ihn einen Moment lang. »Ja, das könnte er wohl. Aber warum sollte er.«

»Olivia, du musst die Gefahr verstehen, in der du dich befindest und – «

»Vertrau mir«, unterbrach sie ihn, »Jake und Ryan bläuen mir das fast täglich ein. Ich habe keine Gelegenheit, es zu vergessen.«

Er fuhr sich mit der Hand durch die kurzen Haare und seufzte. »Du bist der Boss. Ich folge dir nach draußen.«

»Ich sagte dir bereits, dass ich keine Eskorte brauche.«

»Nun, es gibt nur eine Straße, Olivia, also was schlägst du mir vor?«

»Okay, folge mir nach draußen.« Sie drehte sich um und wollte gehen.

Nach einem Moment sagte er mit grimmiger Stimme: »Hat dieser irische Pub, in dem wir waren, auch Pooltische?«

Sie drehte sich zu ihm um und blinzelte ihn an. »Padric's Public House? Ja, es gibt ein Nebenspielzimmer abseits der Bar.«

»Hör mal, ich wollte mich heute Abend mit Omar zum Billard treffen. Wir sind nicht weit von Shenandoah Falls entfernt, also lass uns doch zusammen zu Abend essen. Omar kann uns dort später treffen.«

»Ich weiß nicht«, überlegte sie, »ich habe Jake versprochen, dass ich am Spätnachmittag wieder auf der Umgehungsstraße bin.«

»Ich weiß. Aber wenn du bei mir bist, dann weiß er, dass du in Sicherheit bist.«

Sie blickte ihm in die Augen. »Bin ich in

Sicherheit bei dir, Trent Mann?«

Er wäre fast errötet. Ein Muskel in seiner Wange zuckte. »Was ist denn das für ein Frage? Meine Aufgabe ist es, dich zu beschützen.«

Die Worte kamen wie aus der Pistole geschossen heraus. »Aber was ist mit meinem Herzen?«

Seine Augen weiteten sich, und sie zuckte zusammen. Ihre Wangen brannten unmittelbar.

Aber was ist mit meinem Herzen? Wie benahm sie sich denn? Wie ein Mädchen aus der Mittelschule, das in ihr Tagebuch schreibt?

»Vergiss bitte, was ich gerade gesagt habe.«

Nichts lieber als das. »Also, Abendessen?«

Sie seufzte. »Sicher. Warum nicht? Ich freue mich, Omar wiederzusehen. Ich denke, sobald ich mich der Stadt nähere und ein Signal habe, werde ich Marielle einladen. Wir können ein richtiges Wiedersehen feiern.«

Er runzelte die Stirn. »Du wirst doch jetzt nicht bei ihr auf der Arbeit anrufen, oder?«

Sie zog eine Augenbraue hoch. »Natürlich nicht. Sie hat ein Wegwerfhandy. Sie wird es sich ansehen, sobald sie nicht mehr auf dem Gelände ist. Ich treffe dich im Restaurant.«

Sie sprintete zurück in Richtung Haus und ihrem Auto, erpicht darauf, etwas Abstand zwischen ihr und ihrem peinlichen Herz-Schmerz-Kommentar zu bringen.

6

Trent fuhr den SUV auf einen leeren Parkplatz vor der Brotfabrik und wartete auf Olivia. Er hinterließ eine Voicemail für Omar, die ihm mitteilte, wo sie sich zum Billardspielen treffen würden, und beschloss, sich bei Jake zu melden.

Jake antwortete bereits nach dem zweiten Klingelton. »Alles in Ordnung?«

»Ja, der Fensterreparaturmann war sauber. Ich wollte dir nur sagen, dass Olivia nicht wie geplant nach DC zurückfährt.«

»Oh?«

»Ja. Wir haben uns entschieden, einen Happen zu essen«, sagte Trent beiläufig.

»Interessant.«

»Nicht wirklich, Jake.«

Jake ging nicht darauf ein. »Wohin?«

»Dieser irische Pub in Shenandoah Falls«, erwiderte Trent.

»Da, wo ihr beiden von CNI-Agenten angegriffen worden seid? Meinst du, das ist klug?«.

»Niemand kann sich vorstellen, dass sie sich hier in der Gegend aufhält, Jake. Außerdem ist sie bei mir und Omar, und möglicherweise kommt ihre Freundin Marielle auch. Sicherheit in Zahlen.«

Jake *brummte*. »Ich mag es nicht.«

»Und sie mag es nicht, in dieser möblierten Wohnung eingepfercht zu sein. Du hast es selbst gesagt – wenn sie sich langweilt, ist sie gefährlich.«

»Ich hoffe, dass du weißt, was du tust. He, hattest du die Möglichkeit, dir diese Akte anzusehen?«

Trent schüttelte den Kopf. Jake war unerbittlich. Er erinnerte Trent an den alten Beagle seines Vaters. Wenn Murphy einen Duft schnupperte, konnte ihn nichts davon abhalten, das Kaninchen, Eichhörnchen oder den Fast-Food-Wrapper aufzuspüren, den er gerochen hatte.

»Nur kurz. Ich wurde unterbrochen, als sich deine Klientin in den Wald geschlichen hat.«

Wie erwartet lenkte das Geständnis Jake von seiner weiteren Befragung ab. »Was?«

»Was hast du erwartet? Du hast mich beauftragt, eine ausgebildete CIA-Agentin zu überwachen. Sie hat gesagt, sie habe mich schon innerhalb der ersten Minuten entdeckt, nachdem sie angekommen war. Aber, ja, ich habe das Seehaus beobachtet und die Akte überflogen. Sie ist hinter mir herumgelaufen. Fast hätte sie mich erwischt. Aber ich habe einen Zweig knacken hören.« Und ihre Körperlotion oder ihr Parfüm duftete wie ein Dessert. Das brauchte Jake aber nicht zu wissen.

Trent beendete den Anruf und trommelte mit den Händen auf dem Lenkrad herum. Er versuchte seine Nervosität zu überspielen und so zu tun, als wäre seine Herzfrequenz bei ihrem Anblick nicht in die Höhe geschnellt und gab vor, er habe sie nicht vermisst.

Er *hatte* sie vermisst. So schwer es auch war, sich vorzustellen, eine Frau zu vermissen, mit der er nur einen einzigen Tag verbracht hatte, es stimmte. Zu seiner Verteidigung war es ein höllischer Tag gewesen. Und Olivia Santos hatte sich in sein Gedächtnis, vielleicht sogar in seine Seele eingenistet. Die bloße Freude in ihren Augen, als sie diesen professionellen J-turn hingelegt hatte. Ihre entschlossene Haltung, als sie die mexikanischen Geheimdienstagenten in der Gasse bekämpften.

Und die Berührung ihres Mundes auf seinen Lippen, die Hitze, die ihre Haut ausstrahlte, ihre Finger die sich in seine Haare gruben.

Und du kannst sie nicht haben, erinnerte er sich und ballte die Fäuste. *Du darfst es nicht wagen, diesen Schritt zu gehen. Du könntest sie verlieren, und was dann?*

Seine Nerven wichen dem schleichenden Schrecken. Bevor er eine Lösung finden konnte, fuhr ihr Fahrzeug durch die Einfahrt zum Fabrikparkplatz und parkte neben seinem Wagen. Jetzt ist es zu spät.

Er verließ das Auto und stellte sich neben ihren Kombi, während sie ihre langen Beine ausstreckte und ausstieg. Sie schnappte sich eine Tasche vom Beifahrersitz und verriegelte die Türen.

»Ich habe Omar eine Nachricht hinterlassen.«

»Und Marielle hat mir zurückgemailt. Sie kommt nach der Arbeit hierher«, sagte sie.

»Mmm-hmm«, sagte er abgelenkt. »Du bist bewaffnet, nicht wahr?«

Sie hatte einen langen, flauschigen, hellblauen Pullover angezogen. Er bedeckte ihre körpernahe Laufkleidung und passte zu ihren Kornblumenaugen. Und er bedeckte ihre Taille.

Sie klopfte an ihre Hüfte. »Bin ich. Wieso? Erwartest du Ärger?«

»Nein. Andererseits bin ich bei dir, daher...«

Das brachte sie zum Grinsen, und ihr schiefes Lächeln ging ihm durch Mark und Bein. Dann trat sie neben ihn, und er überlegte, was er ihr sagen sollte. Belangloses Gesülze, um ihn von ihren Lippen, ihrer Augenfarbe und dem Schwung ihrer Hüften abzulenken.

Bevor ihm etwas einfiel, sagte sie: »Also, wann soll dein Handgelenk wieder völlig intakt sein?«

Er blickte auf seine Hand. »Es ist bald soweit. Ich wette, dass man mir beim nächsten Arzttermin grünes Licht erteilt.«

Ein schelmisches Glitzern funkelte in ihren Augen. »Nett von Jake, jemanden für meine Sicherheit abzustellen, der womöglich nicht in der Lage ist, eine Waffe abzufeuern.«

Er prustete. »Täusche dich nicht. Kaputtes Handgelenk oder nicht, meine Treffsicherheit ist besser als die der meisten Jungs in Potomac, wenn sie gut drauf sind.

Kaum hatte er die Worte ausgespuckt, zuckte er zusammen. Er klang wie ein Hahn, der sich aufplustert und mit erhobener Brust durch den Hof stolziert.

Sie lächelte nur. »Wie hast du es fertig gebracht, das Auto zu Schrott zu fahren? Ryan hat mir davon erzählt.«

»Dumme Sache. *Ich* war dumm. Leilah hat ein neues Auto in ihrem Stall. Einen Mustang. Ich meine...ähem. Ich musste einfach sehen, was sie so drauf hat.«

»Sie?«

»Leslie. Das Auto.«

»Klar, natürlich. Was ich so gehört habe, hattest du verdammtes Glück, nicht ernsthaft verletzt zu sein.«

Die Besorgnis in ihren hellblauen Augen trafen ihn wie ein Pfeil.

»Hör mal«, sagte er, »es tut mir leid, dass ich dich nie zurückgerufen habe.«

Sie winkte seinen unbeholfenen Versuch einer Entschuldigung ab, während er sie noch formulierte.

»Lass stecken.«

Er schwieg. Der Warnton in ihrer Stimme sprach Bände. Aber er bestand auf seine Erklärung. *Was erklären?* Dass er Angst hatte? Angst wovor? Vor ihr? Davor, zu versagen, so wie er bei Carla versagt hatte.

Auweia....das konnte er ihr keinesfalls sagen. Niemals.

Stattdessen fragte er: »Na, magst du deine neue Bude?«

Sie zog Grimassen. »Nicht meine Tasse Tee, wirklich. Ich verstehe, warum Ryan und Jake darauf bestanden haben. Dieser Ort ist anonym. Die meisten, die in einer solchen Bude hausen, sind Lobbyisten von außerhalb. Sie kommen hierher, wenn sie ein Meeting haben, aber meistens ist das Gebäude fast ausgestorben. Da ist niemand, der meine Gewohnheiten mitbekommt oder mich überhaupt wahr nimmt. Ich bin einfach nur froh, wenn das alles vorbei ist.«

Er hielt sich mit der Bemerkung zurück, dass es wohl nie vorbei sein würde. Du kannst dir doch nicht im Ernst einbilden, dass du eine korrupte Senatorin und ihre Kumpane stürzt und danach wieder ein normales Leben führen kannst. Sie erreichten die Vordertür des Pubs. Er hielt ihr die Tür auf und folgte ihr hinein.

7

Olivia sah unter ihren gesenkten Wimpern verlegen zu Trent auf. Oh, er starrte sie immer noch an. Sie lenkte ihre Aufmerksamkeit erneut auf ihre Gabel mit Auflauf und überlegte, wie sie ihn dazu bringen könnte, nicht mit irgendeiner fadenscheinigen Erklärung oder Entschuldigung herauszuplatzen. Sie brauchte sie wirklich nicht zu hören – nicht, während sie immer noch über diesen ›kann ich dir mit meinem Herzen vertrauen‹-Blödsinn grübelte.

»Schmeckt es dir?«, fragte sie in einem kläglichen Versuch, die Stille zu brechen.

Er nickte über sein Roastbeef-Sandwich und schluckte, bevor er ihr antwortete: »Gut. Authentisch

Irisch nehme ich mal an? Ich war noch nie in Irland gewesen.«

»Ich auch nicht.«

Sie verstummten wieder. Das angespannte, unbehagliche Gespräch löste eine Welle der Melancholie aus. Als sie Trent kennenlernte, herrschte sofort eine gewisse Harmonie und Vertrautheit zwischen ihnen. Und jetzt war alles weg. Ruiniert. Wahrscheinlich durch ihre plumpen Versuche, eines Tages etwas mehr daraus zu machen.

Er nahm einen Schluck von seinem Black and Tan und wischte sich den Mund mit dem Handrücken ab. »Ich weiß, du hast gesagt, du wolltest nicht darüber reden, aber...«

Sie riss sich zusammen. Dann sah sie plötzlich zu ihrer Erleichterung einen Schimmer von Elles außergewöhnlichem kupferroten Haar im Eingang.

»Marielle ist da«, unterbrach sie ihn.

Sie stand auf und winkte sie zu ihnen rüber. Trent biss sich auf die Lippe, schwieg aber, als Marielle lachend und umhüllt von einer Wolke teuren französischen Parfums an den Tisch kam.

Nachdem sich Marielle gesetzt hatte, bestellte Trent beim Kellner ein weiteres Bier für sich selbst und ein Glas Rotwein für Marielle.

»Noch eins für Sie, Miss?« Er nickte auf Olivias Glas.

»Ich steige auf Wasser um, danke. Es ist eine lange Fahrt nach Hause.« Sie schoss Trent einen scharfen Blick zu.

»Schau mich nicht so an. Wenn es nötig ist, fahre ich mit Omar nach Hause«, sagte er. Dann drehte er sich zu Marielle um. »Er kann dich auch mitnehmen, wenn du eine Möglichkeit hast, dein Auto morgen abzuholen.«

»Oh, darauf stoße ich an.«, lachte Marielle herzlich und hob ein fiktives Weinglas hoch. »Mein Nachbar kann mich morgen herbringen, um das Auto abzuholen.«

Olivia setzte sich wieder hin und fühlte sich ziemlich belämmert. Wie schön, wenn man solche Kameraden und Freunde hat. Ihr Jahr als NOC hatte sie gelehrt, vorsichtig, distanziert zu sein und niemandem zu vertrauen. Und ihre kühle Ehe hatte diese Charakterzüge noch verstärkt.

Ihre Gedanken schienen sich auf ihrem Gesicht widerzuspiegeln, denn Trent und Marielle sagten im Chor: »Was?«

Sie schüttelte den Kopf. »Ich habe gerade an Mateo gedacht.«

Marielle rümpfte die Nase. »Tu das nicht.«

»Ich habe gestern wieder einen Brief von ihm bekommen. Das habe ich wahrscheinlich noch nicht verdaut.«, erklärte sie.

»Brief?« Trent zog die Stirn in Falten.

Olivia winkte ab. »Kein Grund zur Besorgnis. Er versucht nur, jegliche Kontrolle auszuüben, die er noch hat. Es ist harmlos, einfach nur irritierend.«

»Hast du Ryan davon erzählt? Oder Jake?«, fragte er.

Sie blinzelte bei der Hitze in seiner Stimme. »Nein. Wie gesagt, es ist nichts Weltbewegendes. Vergiss, was ich gesagt habe.«

»Wie kann er dir denn Briefe schreiben? Woher weiß er wo du bist?«

»Ich nehme an, dass es ihm seine Scheidungsanwälte gesagt haben. Trent, bitte ... vergiss es einfach.«

Der Kellner kam mit Trents Bier und Marielles Rotwein zurück. Olivia sah ihn an. »Wir gehen später Poolbillard spielen. Sollen wir jetzt schon zahlen oder können Sie unsere Rechnung auf den Spielsaal übertragen?«

»Das ist auch mein Bereich, ich werde Euch auch dort bedienen. Ihr könnt schon mal eure Drinks nehmen und an den Tisch rübergehen.«

»Perfekt. Danke.«

»Tische, plural«, sagte Marielle hinter seinem Rücken, während er wegging.

Trent blinzelte.

»Was? Hast du vielleicht gedacht, dass wir dir und Omar nur zusehen und euch anfeuern werden?« fragte Olivia.

Er kniff die Augen zusammen, studierte sie einen Moment und drehte sich zu Marielle um.

»Ihr zwei versucht doch wohl nicht gerade, mich auszutricksen? Ich weiß bereits, dass ihr Asse im Quizspiel seid. Ich möchte nicht wissen, wie ihr am Pooltisch spielt.«

Olivia und Marielle tauschten einen Blick aus und lachten. Er schüttelte den Kopf und seufzte tief, dann nahm er sein Bier und ging ins Billardzimmer mit Olivia und Marielle im Gefolge.

Während sie durch den Speisesaal gingen, sah Olivia, wie Omar gerade durch die Eingangstür kam. Sie stieß Trent am Ellbogen an. »Dein Freund ist da.«

Er drehte sich um und gestikulierte zu Omar, er solle ihnen folgen. Hinter ihm erkannte Olivia ihren Anwalt. Er stolzierte neben einer atemberaubenden Frau, die einen fuchsiafarbenen Hidschab trug und auf hochhackigen Stiefeln zu gleiten schien.

»Es scheint, er hat Freunde mitgebracht«, bemerkte Marielle.

»Das ist Ryan – Olivias Anwalt. Er und Omar sind in derselben Straße aufgewachsen. Die beiden sind beste Freunde auf Lebenszeit«, erklärte er.

»Und das Glamourgirl?«

»Omars Schwester, Leilah.«

»Leilah Khan, die Autorennfahrerin?«, fragte Marielle.

Olivia hob eine Augenbraue an. Seit wann war Elle ein Fan von Autorennen?

»Genau die«, sagte Trent.

»*Merveilleux* – je mehr umso besser!«, trällerte Marielle.

»Ja, großartig«, erwiderte Olivia.

»Mehr Punkte meinst du?« Trent kniff die Lippen zusammen.

»Das auch«, scherzte sie, während sie auf die anderen warteten.

Die Gruppe wanderte durch den Speisesaal und versammelte sich in einer großen Essecke im fast menschenleeren Spielsaal. Nach ein paar flüchtigen Begrüßungen und Vorstellungen, bestellten sie ihre Getränke und teilten sich in Spielgruppen auf: Trent gegen Omar; Olivia gegen Elle; Ryan gegen Leilah.

Während Elle und Ryan die Kugeln bereitlegten,

beugte sich Leilah über den Tisch und blickte Olivia in die Augen. »Ich habe schon viel von dir gehört.«

»Alles Lügen.«

Leilah lachte herzlich. »Fraglich. Trent hat es schwer erwischt.«

Marielle grinste. »Oh? Erzähl uns mehr.«

Olivia schoss ihr einen strafenden Blick zu und versuchte verzweifelt, die Errötung ihrer Wangen zu mildern. Einen Moment später setzte sie ein Lächeln auf. »Ich denke, dass du dich irrst.«

»Das stimmt nicht.«

Marielle schnaubte. Olivias Blick wurde immer bedrohlicher - wenn Blicke töten könnten.

Ryan räusperte sich. »Du bringst Olivia in Verlegenheit, Sparky.«

»Sparky?«, eiferte sich Marielle.

Leilah stemmte eine Faust in die Hüfte und zeigte mit einem warnenden Finger auf Ryan. Olivia schaute wie gebannt auf Leilahs glänzenden fuchsiafarbenen Fingernagel. Der Nagellack passte perfekt zur Farbe ihres Kopftuchs. Sie warf einen Blick auf ihre eigenen Finger mit dem abgeplatzten Nagellack und verpasste Leilahs Pointe. Was auch immer es war, sie brachte Ryan und Elle zum Lachen. Also lachte Olivia auch, als hätte sie den Witz kapiert.

Sie schlafwandelte sich ihren Weg durch das Spiel mit Marielle. Ihre Aufmerksamkeit galt nicht den einzulochenden Kugeln, sondern dem, was Leilah gesagt hatte. Es war absolut unmöglich, dass Trent der Schwester seines Freundes gebeichtet haben soll, er habe Gefühle für Olivia. Nicht die geringste Chance.

Zunächst einmal konnte sie sich nicht vorstellen, dass Trent auf diese Weise Leilah sein Herz ausschütten würde. Zweitens und viel wahrscheinlicher, hatte er mit Sicherheit *keine* Gefühle für Olivia. Er hatte es klar und deutlich gesagt und sie hatte sich zum Narren gemacht, als sie versuchte, sich etwas anderes einzureden.

Vergiss es. Leilah hatte entweder versucht, einen Scherz zu machen oder sie ist verwirrt oder aber ... Aber ihre geistigen Ergüsse versagten und sie konnte nicht ihre Augen vom Tisch abwenden, an dem Trent und Omar spielten. Trent warf seinen Kopf zurück und lachte über einen Witz, den Omar gerade gemacht hatte. Er machte einen gelösten, glücklichen und lebendigen Eindruck. Er entdeckte, dass sie ihn beobachtete, und winkte ihr zu. Sie schaute sofort weg.

Marielle runzelte die Stirn zu dieser Reaktion. »Du bist dran, Liv.«

»Entschuldigung.« Sie schüttelte den Kopf und bereitete sich auf den Stoß vor.

»Du brauchst dich nicht zu entschuldigen. Alles in Ordnung?«

»Klar, wieso?«

»Du bist so still und gedankenverloren. Ich frage mich, wo deine Gedanken sind.«

Ihre Gedanken waren in einer staubigen Gasse, etwa vierhundert Meter von dem Pub entfernt. Ihr Körper wurde gegen eine Ziegelmauer gedrückt und Trents Hand schwebte über ihr, während er ihren Mund mit seinem zerquetschte. Ihr Herz hämmerte gegen seine warme Brust. Aber *genau das* konnte sie Marielle nicht erzählen.

Sie lächelte vage. »Ich denke über etwas nach, was ich heute Morgen im Radio gehört habe.«

Leilah schnappte einen Bruchteil des Gesprächs auf, sie unterbrach ihr Spiel, drehte sich ein wenig und sagte:

»Ich habe dich in Cade Brackens Show gesehen.«

»Ja.«

Leilahs Ton nahm einen verschwörerischen Unterton an. »Stimmen die Geschichten? Ist er so anspruchsvoll und schrullig, wie man sagt?«

Olivia legte den Kopf von einer Seite zur anderen und dachte an Sean, den sprunghaften

Praktikanten, und den gebeutelten Produzenten. »Irgendwie schon. Er war immer nett zu mir, aber ich glaube, dass er mit seinem Team härter umgeht.«

Ryan nahm einen Schluck Bier. »Ich freue mich, dass du endlich den Auftritten zugestimmt hast, Olivia. Dadurch bleibst du in der Öffentlichkeit sichtbar und das gewährleistet deine Sicherheit.«

»Ja, ja. Das behauptest du und Jake auch. Ich fühle mich aber immer noch nicht besonders wohl dabei.«

»Wirklich? Du machst einen solch eleganten und selbstsicheren Eindruck. Hätte ich nie gedacht«, schwärmte Leilah.

»Danke.«

Marielle lochte ihre Kugel ein und machte dann eine Geste in Richtung Leilah. »Apropos elegant. Fuchsia steht dir wirklich gut.«

Leilah senkte den Kopf. »Danke.«

Der Kellner kam mit Leilahs Sprudelwasser. Sie machte große Gesten mit den Armen, ließ die Hände kreisen und freute sich über die Bläschen im Getränk. Ihre kleinen kreisförmigen Bewegungen beschleunigten sich und, bumm, traf ihr Ellbogen einen stämmigen Mann, der hinter ihr stand.

»Es tut mir furchtbar leid.«, keuchte sie und

wirbelte um ihn herum, um ihm ins Gesicht zu sehen.

Obwohl er gerade noch einen Zusammenstoß vermeiden konnte und Leilahs Ellbogen ihn kaum berührt hatte, explodierte er.

»Pass auf, du blöde Schlampe.«

Leilahs dunkle Augen blitzten. Marielle murmelte etwas unanständig Klingendes auf Französisch. Und Omars und Trents Köpfe drehten sich gleichzeitig um. Trents Kiefer spannte sich und er schnappte sich den Billardqueue.

Ryan stellte sein Getränk auf eine glatte Oberfläche und ging um den Billardtisch herum.

Bevor Ryan bei ihr war, hatte Leilah schon ihr Kinn angehoben. »Wie bitte?«

»Nimm das Handtuch vom Kopf, dann hörst du vielleicht besser«, lästerte der Kerl.

Olivia schüttelte den Kopf. Für Dummheit gab es kein Heilmittel.

Leilah zog ihren rechten Arm zurück. Olivia dachte, sie würde ihm gleich mit einer Ohrfeige etwas Benehmen ins Gesicht schlagen, was nur fair gewesen wäre. Stattdessen verpasste sie ihm einen heftigen rechten Haken und traf ihn am Kiefer.

Der Mann schwankte und seine Augen

verhärteten sich zu Kieselsteinen. Er brüllte und ging auf die Gruppe zu.

»Ruhig, Sparky«, sagte Ryan und packte Leilah am Arm und hielt sie zurück.

Omar und Trent durchquerten blitzartig den Raum, als zwei weitere Männer plötzlich hinter dem Mann auftauchten. Olivia ließ ihren Blick über das Trio schweifen. Breitschultrig, passende Bürstenschnitte, alle trugen schwarze Stiefel, dunkle Jeans und schwarze T-Shirts. Fast wie eine Uniform – Men in Black.

»Hören Sie«, begann Olivia und machte einen Schritt nach vorn, »sie hat sich entschuldigt. Warum verschwindet ihr nicht einfach?«

»Es hat dich niemand gefragt, Blondchen. Misch dich da nicht ein«, schoss der Mann zurück, der Leilah beleidigt hatte.

Blondchen? Sie unterdrückte ein Lachen.

Trent brachte ein dumpfes Warnzeichen aus seiner Kehle hervor. *Knurrte* er etwa?

Marielle zog Leilah zur Wand, während sich Ryan, Trent und Omar in Reih und Glied, Schulter an Schulter stellten. Olivias Verstand raste, um eine Lösung zu finden, bevor die Situation eskalierte.

Aber Trent und seine Freunde überraschten sie.

Trotz der Wut, die in ihnen brodelte, blieben sie locker und ruhig.

»Hör mal. Ich lade dich und deine Kumpels zu einem Bier ein. Dann vergessen wir die Angelegenheit«, schlug Ryan vor.

Der Rüpel legte den Kopf verschmitzt in Richtung seiner Kumpel als wollte er sagen ›glaubt ihr das?‹

Er grinste. »Ja. Aber klar. Ich brauche sowieso einen neuen Drink.«

Dann schnellte er den Arm vor und kippte das Bier direkt in Leilahs Gesicht. Die bernsteinfarbene Flüssigkeit tropfte an ihrem Hidschab herunter und auf ihre weiße Seidenbluse. Sie schnappte nach Luft.

Omar schüttelte den Kopf und trat ganz nahe an den Mann heran. »Das hättest du nicht tun sollen.« Seine Stimme war ruhig, aber fest und eisig.

Der Kerl schubste ihn. Omar war ein Muskelpaket. Er rührte sich keinen Millimeter vom Fleck. Stattdessen langte er aus, packte das Handgelenk des Mannes und drehte dessen Arm in einem Winkel. »Es wird Zeit, dass du mit deinen Freunden verschwindest.«

Der Typ wurde fuchsteufelswild und blickte Omar mit roten Augen an. Einer seiner Kumpel stürzte sich auf Ryan. Ryan stieß ihn mit aller Kraft weg und stützte sich dabei gegen die Wand. In der Zwischenzeit hatte sich der dritte Mann an Trent zu schaffen gemacht und fuchtelte mit seinem Billardqueue herum. Trent senkte den wild wirbelnden Stock und fegte dem Mann mit einem einzigen, kontrollierten Tritt die Füße unter den Beinen weg. Er fiel auf den schmutzigen Boden und krabbelte auf allen Vieren zum Billardtisch, um sich daran wieder hochzuziehen.

Olivia legte eine Hand auf ihr Holster. Es dort, unter ihrer Strickjacke zu fühlen, war beruhigend. Sie hoffte nur, man würde sie nicht dazu nötigen, die Waffe zu ziehen. Sie blickte sich suchend nach Marielle und Leilah um. Die beiden standen fest an der Wand. Leilah versuchte mit zitternden Händen das Bier von ihrer Kleidung zu wischen.

Elle sah Olivia an und sagte: »Ich hole etwas Sprudelwasser vom Barmann und helfe ihr, die Kleider in der Damentoilette zu reinigen.« Sie wedelte mit einer Hand in die Richtung des Gewühls. »Tu was du kannst, um dieses Chaos hier aufzulösen, ok?«

Leilah zögerte. »Pass auf, dass sie keine Schwierigkeiten kriegen«, bat sie.

»Ich werde mein Bestes tun. Geh mit Elle, bevor der Fleck trocknet.«

Marielle führte Leilah aus dem Spielsaal. Als die Zivilisten den Bereich der unmittelbaren Gefahr verlassen hatten, entspannte sich Olivia, ließ die Schultern kreisen und schätzte die Lage ein.

Trent, Omar und Ryan hatten die Oberhand und alles unter Kontrolle. Sie war beeindruckt. Sie zerlegten die Männer nicht in Stücke, sondern hielten sie nur in Schach – professionell, emotionslos, kühl.

Die Men in Black verteilten Fausthiebe und fluchten. Aber es schien alles so mechanisch zu sein. Sie neigte den Kopf und schaute näher hin ... sie waren nicht bei der Sache.

Sie durchsuchte den schlecht beleuchteten Raum. Die einzige andere Person, die noch anwesend war, machte sich gerade aus dem Staub. Er trug genau wie diese drei Kordeldeppen das gleiche schwarze Hemd/dunkle Jeans/schwarze Stiefel. Aber er musste den Riecher gehabt haben, dem ihm der liebe Gott einst in die Wiege gelegt hatte, denn er schlich sich in großer Eile hinaus. Er ging am Tisch vorbei, an dem Omar und Trent gespielt hatten, drehte sich kurz um, wagte einen letzten Blick auf seine Kumpel und raste aus dem Saal in Richtung Kneipenausgang.

»Sieht aus, als ob euch euer Kumpel im Stich lässt«, sagte Olivia in die allgemeine Richtung des Handgemenges.

Der Anführer reckte den Hals, um zu sehen, wovon sie sprach und erhaschte einen kurzen Blick des Rückens seines flüchtenden Freundes. Plötzlich war der Kampf vorüber.

Er hob die Hände zum Zeichen der Kapitulation und brummte eine Entschuldigung. »Verzeihung. Wusste nicht, dass sie zu euch gehört. Wollte nicht respektlos sein.«

Olivia hob eine Augenbraue an. Das konnte er nicht ernst meinen. Und dennoch, er tat es. Seine Freunde ließen die Hände an die Seite fallen und hörten unmittelbar auf, gegen Trent und Omar zu kämpfen.

Ein Türsteher tauchte an der Tür auf. »RAUS. ALLE.«

Die drei Männer brauchten keine zweite Einladung. Sie hasteten zum Ausgang.

Olivia lächelte den Türsteher an. »Meine Freundinnen sind auf der Damentoilette. Ich gehe sie nur–«

»RAUS. Ich sage ihnen, wo Sie sind.«

Trent legte leicht seine Hand auf ihren Arm. »Ist schon gut. Komm. Wir warten draußen auf sie.«

Sie trat neben ihn und sie gingen durch den Speisesaal, ohne auf die neugierigen Blicke der Gäste zu achten.

»Was um alles in der Welt war das da eben?« fragte sie, als sie den Bürgersteig erreicht hatten.

Trent zuckte mit den Schultern. Omar lehnte gegen die Fassade des Pubs, um Atem zu holen und schüttelte den Kopf. Ryan stopfte sein Hemd in die Hose und zog die Stirn in Falten.

Sie bedrängte sie. »Das ergibt keinen Sinn. Man hätte meinen können, das wäre alles nur Theater gewesen. Aber warum sollte jemand das tun?«

Omar antwortete schließlich. Islamophobie ist wie eine teuflische Droge, Olivia.«

»Vielleicht«, gab sie zu. »Aber das war wie… inszeniert. Schlägereien in einer Bar geraten meistens aus den Fugen. Diese hier war kontrolliertes Chaos.«

8

I nszeniert. *Kontrolliertes Chaos.*

Olivias Worte lösten etwas in Trents Gehirn aus. Der Kampf machte *in der Tat* eher den Eindruck eines inszenierten Trainings als eine Schlägerei. Zum einen, waren er und Omar bestens darauf trainiert, hitzige Situationen zu deeskalieren und zum anderen war Ryan ein disziplinierter Zivilist ohne Gefühlsausbrüche. Aber da war mehr. Die anderen drei Männer hatten auch Fausthiebe ausgeteilt.

Er sah zu ihr hinüber. Sie musterte ihn forschend und fragend mit ihren hellblauen Augen.

»Also was meinst du?«, fragte sie.

»Hmm, da könnte was dran sein. Und wenn diese Typen einfach nur ein Haufen hitzköpfiger

Rassisten waren, die eine Schlägerei provozieren wollten, wozu das alles?«

Sie neigte den Kopf. »Ehrlich gesagt, von meinem Standort aus schien es, als ob der Typ sich mit Absicht so hingestellt hatte, dass Leilah ihn unweigerlich mit dem Ellbogen berühren musste. Als ob er eine Entschuldigung herbeiführen wollte, um irgendetwas zu provozieren. Aber wenn das so wäre, warum hat sich dann ihr Freund aus dem Staub gemacht?«

»Welcher Freund?«, warf Ryan ein.

»Da war noch ein vierter Mann. Das gleiche Outfit mit schwarzem Hemd und Jeans, die gleichen Stiefel. Er gehörte zweifellos zu ihnen. Er hat sich nicht in die Auseinandersetzung eingemischt und sich klammheimlich aus dem Saal geschlichen, als die Fäuste flogen.«

Fliegende Fäuste war ein wenig übertrieben, aber er korrigierte sie nicht.

»Vielleicht hat er noch einen ausstehenden Haftbefehl«, schlug Omar vor.

Ryan nickte. »Das wäre möglich. Aber weißt du, ganz ehrlich, diese Männer erinnern mich stark an dich.«

»An mich?«, fragte Omar.

»Ihr beide seid ehemalige Militärs und

Gesetzeshüter. Solche, die bei Potomac arbeiten. Groß, seriös, diszipliniert.«

»Diszipliniert?«

»Klar, der Typ, der Leilah provoziert hat, war der Anführer und die anderen die Mitläufer.«

»Vermutlich«, gab Omar zu.

Olivia starrte Trent noch immer an. »Du verschweigst etwas. Was ist es?«

Er zögerte und erzählte es ihr dann. »Wenn es wirklich eine Inszenierung war, dann frage ich mich, ob dein Ehemann nicht dahinter steckt.«

»Ex-Ehemann«, korrigierte sie.

»Äh, tschuldigung. Ex-Ehemann.«

Ryan zog die Stirn in Falten. »Mateo weiß nicht, wo Olivia ist. Er konnte mit Sicherheit nicht wissen, dass sie heute Abend in diesem Pub ist.«

»Bist du dir da ganz sicher? Er hat ihr Briefe geschrieben und sie zu ihrer möblierten Wohnung geschickt. Wusstest du das?«

Ryan drehte sich zu Olivia um und blickte sie böse an.

Sie seufzte. »Sieh mich nicht so an. Es ist nichts Weltbewegendes. Und ich bin mir sicher, dass er nichts mit diesem ... was auch immer es war, zu tun hat.«

Mateos Schimpfbriefe waren lange Litaneien

über ihre Fehler und Schwächen, aber sie konnte sich nicht vorstellen, dass er so weit gehen würde, einen Haufen Schlägertypen auf sie zu hetzen. Abgesehen davon hatten es die Typen auf Leilah und nicht auf sie abgesehen.

Ryan runzelte immer noch die Stirn. »Woher hat er deine Anschrift?«

»Nicht von mir, das ist sicher. Ich dachte, seine Scheidungsanwälte hätten sie ihm vielleicht gegeben.«

Er schüttelte den Kopf. »Das würden sie nicht wagen. Clare hat mit dem zuständigen Familienrichter eine Vereinbarung getroffen, dass deine Anschrift versiegelt bleibt und aus den Gerichtsdokumenten herausgehalten wird. Wir müssen das nachprüfen.«

»Okay, sicher. Aber nicht jetzt. Eine Krise nach der anderen. Ich werde Marielle eine Textnachricht senden, um herauszufinden, warum sie und Leilah so lange brauchen.« Sie holte ihr Handy heraus.

Omar lachte. »Du kennst meine Schwester nicht. Wahrscheinlich ist sie gerade dabei, sich von A bis Z neu zu schminken.«

»Ach, sei nachsichtig. Ich bin mir sicher, dass sie immer noch unter Schock steht.«, sagte Ryan.

Trent hörte dem Gespräch gar nicht mehr richtig

zu, da sich plötzlich der Gedanke, den er zuvor gehegt hatte, vor seinem Geiste materialisierte.

»Mein Seesack.«

Olivia schaute von ihrer Textnachricht auf. »Wie bitte?«

»Mein Seesack lag unter dem Billardtisch.«

»Oh, ich werde Elle sagen, sie soll ihn mitbringen. Sie hat mir gerade getextet, dass sie auf dem Weg nach draußen sind.« Sie textete die Nachricht.

Einen Moment später tauchten Marielle und Leilah mit leeren Händen aus der Kneipe auf.

»Wir haben deine Tasche nicht gefunden.«, sagte Leilah zu Trent. »Gerade kam ein Junge aus dem Saal, der das Bier aufgewischt hat. Er hat den ganzen Boden geputzt und keine Tasche gesehen.«

Trent schloss die Augen für einen Moment und versuchte, sich zu beruhigen. »Gut, danke fürs Nachsehen. Es ist nicht so schlimm – nur meine Sportkleidung«, sagte er so beiläufig, wie er nur konnte. »Wie geht es dir?«

Leilah rümpfte die Nase. »Ich rieche wie der Keller eines Studentwohnheims, aber ansonsten geht es mir gut.« Elle ist eine Wunderhexe mit einem Waschlappen und einer Flasche Sprudelwasser.«

Marielle wackelte mit den Fingern. »Ich bin eine

Frau mit zahlreichen Talenten.«

Sie verabschiedeten sich und gingen zu ihren Autos. Jeder hatte hinter der Kneipe geparkt. Trent und Olivia setzten sich von der Gruppe ab und überquerten die Straße. Er dachte an den gestohlenen Seesack und die streng geheime Akte darin. Als Olivia plötzlich anhielt, wäre er fast in sie hineingerannt.

»Was ist los?«

Sie drehte sich mit zusammengekniffenen Augen zu ihm um. »Deine vermisste Tasche. Da sind nicht nur deine Sportklamotten drin.«

Es war sinnlos, es zu leugnen. Sie hatte den roten Ordner gesehen. »Nein. Da gibt es auch einen Ordner voll mit nationalen Sicherheitsinformationen.«

»Wir müssen unbedingt zu Jake gehen.«

»Wir?«

Er trat näher an sie heran und stellte etwas verspätet fest, dass sie in derselben Gasse standen, in der sie sich geküsst hatten. Seine Kehle zog sich zusammen. Ein Windstoß wehte die Haare in ihr Gesicht. Instinktiv streckte er die Hände aus und steckte eine Strähne hinter ihr Ohr. Ihre Haut fühlte sich warm an.

Vorsicht, warnte er sich.

Er nahm ihr Kinn in seine Hände. »Wir sind wieder dort, wo alles begann. Unsere Stelle.«

»Du bringst mich zu den nettesten Orten.« Ihre Stimme zitterte, während sie den Witz losließ.

Er war wehrlos. Er beugte sich zu ihr vor, senkte den Kopf, wurde von ihrem Mund wie ein Magnet angezogen, voller Verlangen, ihre Lippen auf seinen zu spüren.

Sie zog den Kopf zurück und blinzelte ihn an. »Du brauchst Hilfe, um diese Akte zurückzuholen.«

Ihre Worte waren wie Eiswasser. Er erstarrte an Ort und Stelle und unterdrückte das Verlangen weg, das ihn überwältigt hatte.

Er räusperte sich. »Hast du vergessen, wo ich arbeite? Ich habe jede Hilfe, die ich brauche.«

Sie schoss ihm einen skeptischen Blick zu. »Wer weiß, wo du dich aufhältst? Ich meine, außer den sechs Leuten.«

Seine Synapsen funktionierten noch nicht so richtig, er starrte immer noch auf ihre Lippen. Er schüttelte den Kopf, um sich davon abzubringen. »Nur Jake.«

»Richtig. Nur Jake.«

»Du glaubst doch wohl nicht etwa, dass Jake korrupt ist.«

»Nein. Wenn er wirklich Dreck am Stecken

hätte, wäre ich schon seit ein paar Wochen tot. Er kennt jedes Detail von meinen Sicherheitsvorkehrungen – *er* hat sie ja selbst aufgestellt.«

Mit erheblicher Mühe lenkte er seine Gedanken von dem dringenden Bedürfnis weg, sie küssen zu müssen. »Aber du glaubst, dass es eine Ratte in Potomac gibt.«

»Ockhams Rasiermesser sagt ja. Hast du Jake auf seinem privaten Handy oder im Büro angerufen?«

»Büro.«

Kaum gesagt, schon wusste er, dass sie recht hatte. Ockhams Rasiermesser war ein Prinzip zur Lösung wissenschaftlicher Probleme, was auch vom Geheimdienst benutzt wurde: die einfachste Erklärung ist meistens die richtige. Und die einfachste Erklärung war, dass er von einem Mitarbeiter von Potomac hereingelegt worden war.

»Also hast du kein unbegrenztes Angebot. Denn du weißt nicht, wem du trauen kannst. Deshalb brauchst du mich.« Sie schenkte ihm ein breites, zufriedenes Grinsen.

Ein schwächerer Mann hätte sich blenden lassen, aber er versuchte, einen kühlen Kopf zu bewahren. »Jake wird das niemals erlauben.«

»Das werden wir sehen. Ich wette, dass ich ihn

überzeugen kann – wenn du mich willst.« Sie errötete dunkelrosa. »Ich meine, wenn du mit mir zusammenarbeiten willst.«

Er wusste nicht genau, warum er sie nicht sofort, auf der Stelle, zum Schweigen brachte. Wahrscheinlich mangels moralischer Charakterstärke, hätte Sampson gesagt. Aber er tat es nicht. Stattdessen blickte er auf die Armbanduhr.

»Jake müsste gleich zuhause sein. Wir fahren vorbei. Wenn du ihm das verkaufen kannst, dann arbeiten wir zusammen. *Wenn* du ihm auch über deine Briefe von deinem Ex-Ehemann erzählst.«

Sie bewegte die Lippen von einer Seite zur anderen und gab vor, den Handel zu überdenken. Er wusste, dass sie zustimmen würde und sie tat es auch.

»Na schön. Erzählst du mir jetzt, was in dem Ordner war?«

»Netter Versuch. Nachdem du Jake erzählt hast, dass wir beide ein Team bilden, erzähle ich es dir.«

»Es spielt keine Rolle. Ich weiß es bereits. Du hast dich über das Gerücht über Boko Haram schlau gemacht.«

Sie schaute ihn an, um eine Reaktion von seinem Gesicht abzulesen, aber sein Blick war ausdruckslos – ein wellenloses Meer, ein windstiller Tag.

»Was macht dich da so sicher?«

»Ungeachtet dessen, was Jake gesagt hat, ist es unmöglich, dass Potomac nicht von dem Gerücht erfahren hat. Und du bist die logische Person, die es untersuchen muss.«

»Warum sagen das alle andauernd?« Das lodernde Feuer in seiner Stimme überraschte ihn.

»Vielleicht, weil du in Abuja stationiert und mit der Aufgabe betreut warst, Boko Haram zu neutralisieren?«, schlug sie vor.

Er biss die Zähne zusammen. »Oder weil dort meine Partnerin umgebracht worden ist? Gehört es zu meiner Wiedergutmachung, einem unbegründeten Gerücht auf den Grund zu gehen?«

Sie zog die Augenbrauen hoch und studierte ihn besorgt. »Niemand denkt so etwas.«

»Sollten sie aber. Es ist meine Schuld, Olivia.« Seine Stimme war heiser.

Sie legte eine warme Hand auf seinen Bizeps. »Ist es *nicht*. Carla hat nur ihren Job gemacht. Sie hat ihren Auftrag ausgeführt. Du bist an ihrer Ermordung nicht schuld.«

Er schüttelte ihre Hand ab und lehnte den angebotenen Trost ab. »Komm schon, ich will bei Jake sein, bevor es dunkel wird.«

9

Während Trent Jake beichtete, dass jemand eine Schlägerei in dem Pub angezettelt hat, um seine vertrauliche Akte zu stehlen, untersuchte Olivia das Blockhaus. Soweit sie das wusste, war Jake zufrieden mit seinem Heim. Es war ordentlich und einfach, abgelegen auf einem Gipfel der Shenandoahs.

Jake and Trent flüsterten ihr Gespräch, während sie mit den Händen im Rücken gefaltet hin und her lief und sich die Titel auf Jakes Bücherregal sowie die Fotos auf dem Kaminsims ansah. Er hatte eine vielseitige Büchersammlung. Die eingerahmten Fotos zeigten atemberaubende Landschaftsbilder, Nationalparks, Berge, die er bestiegen hatte, Wildbäche, auf denen er gerafted war und Wüsten, in denen er ... durstig war oder was auch immer man in einer Wüste macht.

Sie kehrte wieder zur kleinen Alkove zurück, in der sie saßen und redeten, jeder mit einer Kaffeetasse in der Hand. Jake schien die Nachricht gut aufzunehmen – zumindest behauptete er es.

Jake stellte seine Kaffeetasse auf den Tisch und zog an der Unterlippe. »Du weißt wirklich nicht, wo sie sein könnte?«, fragte er einen Moment später.

»Nein«, antwortete Trent. »Aber es war ganz eindeutig eine Inszenierung.«

Olivia kreiste um sie herum und warf ein: »Sie trugen alle die gleiche Kleidung, hautnahe schwarze T-Shirts, dunkle Jeans, die gleichen schwarzen Stiefel, fast wie eine Uniform. Wenn ich raten müsste, würde ich sagen, sie arbeiten für einen eurer Mitbewerber.«

Jake kniff die Augen zusammen. »Betriebsspionage? Komm schon.«

Trent zuckte mit den Schultern. »Ich weiß es nicht. Sie könnte recht haben. Zumindest glaube ich nicht, dass es ehemalige Militärs sind. Dafür waren sie zu kontrolliert. Niemand – weder wir noch sie – hat mehr als nur ein paar Kratzer und blaue Flecken während der Schlägerei abbekommen.«

»Nun, Leilah hat diesem Typen mit der Faust auf

den Mund geschlagen – er hat bestimmt Schmerzen«, erinnerte ihn Olivia.

»Oh, ja, geschieht ihm recht.«

Jake kicherte. »Ich glaube, sie hatten nicht erwartet ein Trio mit Teufelsweibern vor sich zu haben.«

Olivia wusste nicht genau, wie sie das verstehen sollte, ein Teufelsweib genannt zu werden. Schließlich nahm sie es als Kompliment an.

»Ja, Leilah zu beleidigen war ein Gelegenheitsverbrechen. Wenn diese Damen nicht dabei gewesen wären, hätten sie einen anderen Vorwand gefunden, um Randale zu machen. Sie brauchten Ablenkung, sodass der vierte Mann mit meiner Tasche abhauen konnte. Es tut mir echt leid, Mann.« Grobes Fehlverhalten meinerseits.« Er schüttelte den Kopf.

Jake unterbrach ihn: »Hör auf, dir die Schuld zuzuschieben. Lass uns das Problem beseitigen. Wir werden alle Mann an Deck beordern.«

»Das würde ich nicht tun, Jake.«

Er drehte sich zu ihr um. »Und warum nicht?«

»Diese Jungs sind vielleicht von einem anderen privaten Sicherheitsdienst, aber haben jemanden, der bei Potomac arbeitet.«

»Nein, Auf keinen Fall. Ganz bestimmt nicht.«

Trent verzog das Gesicht: »Sie hat recht. Jemand hat sie informiert, dass ich in der Kneipe bin – und dass ich diesen Ordner bei mir habe. Du bist der Einzige, dem ich es erzählt habe und der auch von der Akte wusste. Und wir wissen, dass wir dich ausschließen können.«

Jakes Gesicht blickte finster drein und presste die Lippen zusammen. Er drehte sich um, stolzierte zum Fenster und blickte in den klaren Sternenhimmel. Olivia tauschte einen Blick mit Trent aus. Trent legte seinen Kopf von einer Seite zur anderen, als ob er sagen wollte, dass es eine Minute dauern wird, bis Jake es akzeptiert.

Nach langem Schweigen drehte sich Jake um. Seine Augen blitzten. »Ich werde diese Ratte finden. Du bekommst die Akte zurück. Ich brauche nicht daran zu erinnern, wie geheim sie ist.« Er neigte den Kopf in Olivias Richtung.

Sie lächelte und sagte: »Hör mal, ich habe schon erraten, was in der Akte steht, und Trent könnte etwas Hilfe gebrauchen. Ich habe die Fähigkeiten und Zeit, und ich–«

»Nein, nein, nein«, unterbrach sie Jake. »Wir werden keine Zivilistin daran beteiligen.«

»Ich bin wohl kaum eine Zivilistin«, unterbrach sie ihn gleich wieder.

»Das kommt nicht in die Tüte. Aber, mal ehrlich, wie genau ist es möglich, dass du den Inhalt eines streng vertraulichen Dokuments *vermuten* konntest?«

»Schau mich nicht so an«, protestierte Trent.

Olivia lächelte. »Ich kenne keine Einzelheiten.« Aber man braucht keine erstklassige Spürnase zu sein, um herauszufinden, dass es um das Gerücht mit Boko Haram geht. Erstens hatte Cade Bracken Potomac erwähnt, als er mich über das Gerücht befragte. Zweitens bist du kein guter Lügner. Als ich dich am Telefon gefragt habe, war es offensichtlich, dass du etwas davon gehört hattest.«

Trent lachte laut. Sie schoss ihm einen Blick zu und fuhr fort.

»Und drittens, Trent schreckte auf, als ich plötzlich hinter ihm stand und ihn dabei ertappte, wie er in einem hellroten Ordner herumblätterte.«

Jake grinste Trent an. »Wir sind also genauso schlecht im Täuschen. Prima.«

»Und ich *habe* drei Jahre lang als NOC gedient. Ich weiß eins, zwei Sachen, Jungs.« Sie versuchte, das Gefühl abzuschütteln, sie wäre bei einem Casting.

»Trotzdem, nein. Allerdings *bin* ich tatsächlich gespannt, zu erfahren, wer Bracken von unserem

Engagement erzählt hat. Die Liste der Leute, die es wissen, ist kurz und sie gehören nicht zu den Klatschtanten.«

»Ziemlich sicher, dass jeder mit der Vorwahl 202 eine Klatschtante ist, Jake. Aber lass uns bei der Sache bleiben. Trent benötigt Backup. Ich bin verfügbar. Und ich arbeite kostenlos.« Sie setzte ihr schönstes Lächeln zu einem Vorstellungsgespräch auf.

»Hast du Jake nicht noch etwas zu sagen?«, forderte Trent auf.

Sie verdrehte die Augen. »Mateo hat mir Briefe in die Wohnung geschickt. Ryan und Trent denken, dass wir prüfen müssen, wie er meine Adresse herausgefunden hat.«

Jake starrte sie mit großen Augen an: »Und du denkst das nicht?«

Sie zuckte mit den Achseln: »Er ist in einem anderen Land. Er spinnt. Er rastet aus, weil er eines seiner Besitztümer verloren hat. Das ist alles. Ich war eine glänzende Kugel, die er vorzeigen konnte, und jetzt bin ich weg. Er bedroht mich nicht. Er versucht nicht, mich dazu zu bringen, zurückzukommen. Er lässt einfach nur Ballast ab.«

Diese Worte laut auszusprechen taten weh. So weh, als ob man Alkohol über eine offene Wunde gießen würde. Aber sie hob ihr Kinn an und sah Jakes Blick.

»Trent hat recht. Wir müssen herausfinden, wie dich dein Ex gefunden hat.«

Er zückte sein Telefon und begann, eine E-Mail zu tippen.

»Was machst du?«

»Das, was ich gerade gesagt habe. Ausfindig machen. Hast du einen dieser Briefe behalten?«

Sie schüttelte den Kopf.

Er gab ihr ein enttäuschtes Tss! »Wenn du wieder einen bekommst, heb ihn auf.«

»Sicher.« Sie stützte ihr Kinn auf die Hand und wartete. Trent lächelte wie eine zufriedene Katze.

»Erledigt.« Jake ließ das Handy wieder in die Tasche fallen.

»Prima. Nun hat Trent etwas zu sagen. Richtig, Trent?«

Er verschränkte die Arme vor der Brust.

Trent gestikulierte breit. »Kann sein, dass ich ihr gesagt habe, dass du ihr erlauben würdest, mir mit der Akte zu helfen, wenn sie dich Mateo schnappen lässt. Sie hat bereits über Boko Haram herumgestochert. Wir wissen beide, dass sie einfach auf eigene Faust losziehen kann, wenn wir sie nicht helfen lassen. Wie kann man sie am besten schützen? Ganz einfach, man lässt sie mitlaufen. So kann ich sie wenigstens im Auge behalten.«

Olivia konnte kaum glauben, dass er in ihrer Gegenwart so über sie sprach, als wäre sie ein besonders rücksichtsloses Kleinkind, das an die Kandare genommen werden musste. Aber während sie sich eine rechtschaffene Empörung aufbaute, bemerkte sie, dass Jake während des Gesprächs zustimmend nickte und offensichtlich überzeugt von dieser Argumentation war. Obwohl es ihr schwer fiel, hielt sie den Mund.

Jake seufzte. »Obwohl ich mir nicht sicher bin, die richtige Entscheidung zu treffen, erlaube ich es euch beiden, euch darum zu kümmern. Aber unter ein paar Bedingungen.«

Es gab bei diesen beiden immer irgendwelche Bedingungen, diese Erfahrung hatte sie bereits gemacht.

»Dann lass mal hören.«

Jake zeigte mit dem Finger auf Trent. »Erstens mache ich dich persönlich für Olivias Sicherheit verantwortlich. Wenn ihr irgendetwas zustößt, ist es allein deine Schuld.«

»Auf jeden Fall.« Trent nickte ernst.

Olivia verdrehte die Augen.

»Zweitens müsst ihr das heimlich, in aller Stille

tun. Ihr müsst diskret vorgehen. Ich werde den Verräter schnell ausrotten, aber im Moment wissen wir nicht, wer Dreck am Stecken hat und wer vertrauenswürdig ist. Also werde ich die Geschichte verbreiten, dass du in einer Kneipe in eine Schlägerei geraten bist und dir dein Handgelenk wieder verletzt hast. Das gibt euch ein paar Tage Zeit.«

»Lass es aber nicht so klingen, als ob ich den Kampf verloren hätte«, protestierte Trent.

»Komm schon, es ist zum Wohle aller.« Olivia lächelte ihn an, um seinen Stolz zu lindern.

»Na gut, sag, was du willst.«

Jake setzte fort. »Nehmt ihr Auto. Lasst den SUV hier. Es ist möglich, dass jemand das System verwendet hat, um euch zum Pub zu folgen. Geht bis auf Weiteres davon aus, dass niemand hier in Potomac freundlich gesinnt ist.«

Der Schmerz, den Jake verspürte, als er seine Mitarbeiter infrage stellte, stand ihm im Gesicht geschrieben. Olivia empfand Mitleid für diesen Kerl. Sie wusste, was es bedeutet, verraten zu werden.

»Okay. Sonst noch was?«

»Nein. Aber wisst ihr schon, wo ihr anfangen wollt? Was ist euer erster Schritt?«

Trent nickte. »Wir statten Sampson einen Besuch ab.«

Jake zog die Stirn in Falten und Olivia beobachtete, wie Trent einfach darüber hinwegging.

»Wer ist Sampson?«, fragte sie.

»Das erzähl ich dir im Auto.«

Jake brachte sie zur Tür und streckte seine Hand aus. »Du gibst mir jetzt besser dein Potomac-Handy.«

Trent ließ es zusammen mit dem Schlüsselanhänger zum SUV in seine Handfläche fallen, und Jake streckte die andere Hand aus, um Trents Unterarm zu greifen.

»Bleib cool! Wir wissen nicht, wie tief das geht.«

Trent schlug Jake freundschaftlich auf den Rücken und trat in die kalte Nacht hinaus. Olivia lächelte ihren Sicherheitsberater an.

»Danke, dass ich helfen darf, Jake.«

»Versuche wenigstens, dich aus Schwierigkeiten herauszuhalten, ok?«

»Ich werde mein Bestes tun.«

»Genau davor habe ich Angst.«, sagte Jake.

Sie versuchte, den Adrenalinstoß, wieder voll in Action zu sein, zu verdrängen, während sie mit Trent an der Seite die Stufen zum Auto hinunter joggte.

»Also, wer ist Sampson?« Sie öffnete die Zentralverriegelung mit der Funkfernbedienung.

Trent betrachtete sie über das Dach des Kombis hinweg. »Konteradmiral Lloyd Sampson ist - war - der Kommandeur der Naval Special Warfare, also das U.S. Marinekommando für spezielle Kriegsführung. Er hat heute seinen Rücktritt angekündigt.«

»Seltsames Timing.«

»Ganz meiner Meinung«, stimmte Trent zu, während beide ihre Sicherheitsgurte einrasteten. »Er wohnt in Chantilly. Wir haben also etwa drei Stunden Fahrt. Genügend Zeit, dir alles über Sampson zu erzählen.«

Sie drehte den Zündschlüssel um und der Motor erwachte zum Leben.

10

Trent schaute wieder aus dem Fenster. Die anmutigen Landgüter von Nord-Virginia waren wie verschwommene, hünenhafte Gestalten, fast unsichtbar am dunklen Neumondhimmel. Olivia schwieg, während sie den Kombi über das windige, schmale Straßenstück lenkte.

Sie fuhren einen Hügel hinauf und nahmen eine scharfe Linkskurve. Sie waren schon fast angekommen. Er war nur einmal hier gewesen, aber er erinnerte sich an diese Anhöhe und Kurve. Er beugte sich vor und suchte angestrengt.

»Da«, sagte er und zeigte über sie hinweg auf ein großes Gebäude auf der linken Seite. »Das ist Sampsons Haus.«

Sie verlangsamte das Auto und folgte der Linie seines Fingers mit ihren Augen. »Es ist riesig. Also, wie sieht unser Plan aus?«

»Wir klopfen an die Tür und Sampson wird uns hereinlassen.«

Sie nahm den Fuß vom Gas und drehte sich zu ihm in dem schwach beleuchteten Auto um. Ihre Verunsicherung stand ihr ins Gesicht geschrieben. »Am Spätabend um elf Uhr, ungebeten und unangekündigt? Bist du dir da ganz sicher?«

Er war ziemlich zuversichtlich. »Ich bin mir ziemlich sicher. Der Konteradmiral hat meine ehrenhafte Entlassung persönlich unterschrieben. Er hat mich eingeflogen, um mich hier auf seinem Gut mit Jake zu treffen. Wenn die beiden nicht gewesen wären, würde ich jetzt wahrscheinlich in Norfolk im Knast sitzen.«

Sie bewegte den Kopf überlegend hin und her. »Okay. Ich hoffe nur, dass er eine Nachteule ist.«

»Ist er.«, versicherte Trent.

Lloyd Sampson war nicht nur eine Nachteule; er war ein Nachttrinker. Und an diesem Punkt des Abends, hätte er bereits etwa drei Bourbon intus, wäre gesprächig, aber immer noch kohärent, genauso, wie Trent ihn brauchte.

Olivia fuhr im Schritttempo bis zur Einfahrt und

zwischen zwei verwitterten Ziegelsteinsäulen hindurch, die jeweils mit einer Bronzelaterne gekrönt waren, die in der Dunkelheit hell leuchteten. Dann fuhr sie auf der glatten, gepflasterten Kreisauffahrt weiter bis zum Eingang von Sampsons Anwesen.

Trent sammelte seine Gedanken, während sie zum Hauseingang gingen. Er hob seine Hand, um den Klopfer anzuheben, aber die Verandalampen beleuchteten den Eingang noch bevor das Metall gegen den die Tür stieß. Die Haustür öffnete sich ruckartig und ein verblasstes grünes Auge blickte durch die Öffnung über einer Riegelkette.

»Was wollen Sie?«

Die schroffe Frage kam mit einer gemilderten Schärfe heraus, die zweifellos dem Whiskey aus dem obersten Regal des Konteradmirals zuzuschreiben war.

»Konteradmiral, Sir. Ich bin's, Trent Mann. Ich habe in Abuja unter Ihnen gedient. Task Force Blue, Sir.« Das Muskelgedächtnis schaltete sich ein, sein Körper erstarrte und er stand stramm wie eine Eins.

Das Auge weitete sich, ein Funke der Erinnerung schien sich zu entzünden und er zog die Tür einen weiteren Zentimeter auf.

»Ich erinnere mich, Lieutenant Commander. Wer ist deine Freundin, Söhnchen?«

»Das ist Olivia Santos, Sir. Vielleicht erinnern Sie sich, ich arbeite jetzt für Jake West bei Potomac Private Services. Ms Santos ist eine Kundin.«

Die Kette schlitterte am Schloss entlang und die Tür ging auf. Lloyd Sampson untersuchte das Paar auf seiner Veranda argwöhnisch. »Und aus welchem Grund hast du mitten in der Nacht eine Kundin an meine Haustür gebracht?«

»Wenn Sie uns hereinlassen, Sir, werde ich es Ihnen erklären.«

Sampson zögerte, durchsuchte den dunklen Vorgarten und die Gasse dahinter, und versuchte, jemanden im Hinterhalt oder ein zweites Team zu entdecken.

Olivia bemerkte es auch. »Wir sind unter uns, Sir. Und es tut uns sehr leid für den Besuch zur späten Stunde. Ich verspreche Ihnen, wir werden nicht viel von Ihrer Zeit in Anspruch nehmen.«

Sie schenkte ihm eines ihrer siegreichen Lächeln und er kniff die Augen zusammen. Er schlurfte auf die Veranda hinaus und untersuchte sie unter dem hellen LED-Licht. »Santos, sagen Sie. Ich kenne diesen Namen.« Er schnippte mit den Fingern. »Sie sind die NOC.

»Ehemalige NOC, Sir.«

»Sie haben einen ganzen Senatsunterausschuss im Alleingang ausgehoben.«

Olivia neigte ihren Kopf in Richtung Trent. »Nicht gerade im Alleingang, Sir.«

Sampson bellte ein Lachen heraus. »Warum bin ich eigentlich nicht überrascht, zu erfahren, dass Mr Mann daran beteiligt war? Sie können ruhig reinkommen. Ich habe mir gerade im Arbeitszimmer einen Schlummertrunk gegönnt. Sie können sich mir anschließen.« Er drängte die beiden hinein.

Trent ballte diskret seine Faust. Alles lief nach Plan. Er lächelte Olivia ermutigend zu, als sie ihm in seine Bibliothek folgten. Sampson war alt geworden, seit Trent ihn zuletzt gesehen hatte. Oder vielleicht hatte er nur den Eindruck, weil er ohne Uniform nicht so einschüchternd aussah – er ging gebückt und verschlafen, trug eine dicke Strickjacke und Hausschuhe aus Leder.

Er verwies sie auf ein Paar Klubsessel neben einem lodernden Kaminfeuer, während er am Barwagen an der Wand herumhantierte. Er reichte jedem von ihnen ein schweres Kristallglas, hob dann sein eigenes in einem Toast und sagte: »Auf das Land und das Team.«

Trent murmelte die Worte zurück. Olivia lächelte und nahm einen kleinen Schluck des honigfarbenen Gesöffs.

»Also, warum seid ihr hier?«

»Zunächst einmal herzlichen Glückwunsch, Sir«, begann Trent. »Ich verstehe, dass Sie sich entschieden haben, in den Ruhestand zu treten.«

Sampson nickte spitzbübisch. »Ja. Um mehr Zeit mit meiner Familie zu verbringen.« Sein höhnischer Ton machte deutlich, dass er wusste, dass sie wussten, dass dies totaler Schwachsinn ist.

»Wo ist Ihre Familie, Sir? Haben Sie Kinder?«, fragte Olivia höflich, die am Rand ihres Sessels saß, als wäre sie auf einer Gartenparty.

»Mein Ältester ist Dozent an der Generalstabsakademie in Carlisle, Pennsylvania. Armee, pfff.«

Er gab einen Laut von sich, den man als falschen Kummer auffassen konnte. Aber so wie er Sampson kannte, dachte Trent, war die Enttäuschung wahrscheinlich echt. Er war durch und durch ein Marinesoldat. Sein Sohn, der sich für einen anderen Zweig der Streitkräfte entschieden hatte, kam einem waschechten republikanischen Kind gleich, das weglief, um sich einer Hippiekommune anzuschließen.

Ihr Ältester. Also haben Sie noch andere Kinder?« Olivia befragte ihn weiter.

»Eins. Er ist bei Parsons in New York und studiert Modedesign.« Seine Stimme vermittelte einen zaghaften Hauch von Stolz.

»Es ist sehr schwierig, dort hineinzukommen.«, gab sie zu bemerken.

»Ja, nun, Charles ist sehr talentiert. Künstlerisch. Er hat das natürlich von seiner Mutter, nicht von mir.«

»Und verweilt seine Mutter immer noch unter uns?«, sondierte Olivia.

Der Konteradmiral grinste. »Sie sind gut. Man könnte meinen, ich würde ein gewöhnliches Gespräch führen, ist es aber nicht. Ja, Mrs Sampson verweilt immer noch unter uns, obwohl sie nicht bei mir ist. Sie hat ein Programm im Ausland übernommen. Sie ist Interimsdekanin an einem kleinen College außerhalb von Palermo, Italien. Ich habe sie zuletzt zu Ostern gesehen.«

»Also vermute ich, dass Sie viel reisen, um Zeit mit Ihrer Familie zu verbringen, da sie in alle Welt verstreut ist«, bemerkte sie milde.

Trent nahm einen weiteren Schluck des Alkohols, dann stellte er das Glas geräuschvoll auf den Beistelltisch. »Oder diese Geschichte war einfach nur großer Schwachsinn. Und das ist nicht der wahre Grund, warum Sie zurückgetreten sind.«

»Eines davon ist wahr«, stimmte der Konteradmiral zu. »Warum interessiert dich das?«

Trent spürte, wie ihn Olivia anstarrte. Er wusste, dass sie überrascht sein würde, aber der einzige Weg, etwas aus Sampson herauszuquetschen, war, weiterzumachen und transparent zu sein. Also atmete er auf und legte los.

»Am frühen Abend waren Olivia und ich zum Essen in einem Pub und dann haben wir mit ein paar Freunden Poolbillard gespielt.«

»So, wie man es mit einer Kundin tut«, warf Sampson mit ernster Miene ein.

»Ein paar schräge Typen haben mit unserer Gruppe eine Schlägerei angefangen. In der Hitze des Augenblicks hat sich einer von ihnen mit meinem Seesack aus dem Staub gemacht. Im Nachhinein, als wir wieder alle zusammen waren, wurde ziemlich klar, dass die Schlägerei ein abgekartetes Spiel und das eigentliche Ziel war, meine Tasche zu stehlen.

»Was war in der Tasche, Söhnchen?«

»Ein streng geheimer, vertraulicher Bericht über das Geschwätz, dass das US-Militär plant, Boko Haram zu helfen, als legitime Regierung Fuß zu fassen.«

Olivia hustete in ihre Faust.

Der Konteradmiral schwieg für einen langen Moment. Dann nickte er zögerlich. »Diese Geschichte ist etwa genauso wahr wie der Grund für meinen Ruhestand.«

Olivia beugte sich vor. »Also ist an dem Geschwätz nichts dran?«

»Dieses Geschwätz ist geplant. Von wem, weiß ich nicht. Aber es wurde absichtlich in die Welt gesetzt und meine Bemühungen, herauszufinden, von wem und zu welchem Zweck, wurden im Pentagon nicht mit Begeisterung aufgenommen.«

Er verstummte und studierte sein Glas, während diese Worte allen ins Bewusstsein drangen.

»Sie wurden vertrieben, weil Sie Nachforschungen zu diesem Gerücht angestellt haben?«, fragte Trent.

»Man kann dir nichts vormachen, Söhnchen.«

»Wieso?«

»Ich weiß nicht. Man hat mir nahe gelegt, es zu vergessen. Habe ich aber nicht. Daher genieße ich jetzt meinen Ruhestand.« Er hob das Glas zu einem spöttischen Gruß.

Olivia schüttelte den Kopf. »Ich verstehe das nicht. Wenn es nicht wahr ist, warum sollte unsere Regierung dann wollen, dass irgendjemand so etwas denkt? Wenn die Weltöffentlichkeit glaubt, dass wir auch nur mit dem *Gedanken* gespielt haben, eine dschihadistische Terrororganisation zu unterstützen, wird das unserem Ruf in der Welt schaden und dramatische und gefährliche Folgen in dieser Region haben. Das ist purer Wahnsinn.«

»Deiner CIA-Freundin kann man auch nichts vormachen«, bemerkte Sampson gegenüber Trent.

Dann verblasste sein Lächeln, er stellte das Glas ab und legte beide Handflächen auf die Knie. Er beugte sich mit einem intensiven und ernsten Gesichtsausdruck vor.

»Ich bin mir nicht sicher, aber ich habe Grund zur Annahme, dass diese falsche Aussage irgendwie mit dem Tod von Lieutenant Commander Ricci zusammenhängt.«

Die Worte standen im Raum wie eine Gewitterwolke. Trent hörte die knisternden, sprotzenden Flammen im Kamin und das sanfte Klirren von schmelzendem Eis im Glas. Vor allem aber hörte er seinen eigenen Herzschlag, brüllend, dröhnend, wie ein Trommelwirbel in seiner Brust. Die Zeit kam ihm vor wie eine Ewigkeit.

Er schluckte und versuchte zu sprechen, aber seine Kehle war ausgetrocknet. Er versuchte, sie zu befeuchten und sagte schließlich: »Das hat etwas mit Carla zu tun?«

Sampson beobachtete ihn lange mit ernster Miene und antwortete mit sanfter, trauriger Stimme: »Ja, ich glaube schon. Nachdem du dich West's Truppe angeschlossen hattest, wurde ihr Mord gründlich untersucht. Einige Dinge sind an die Oberfläche gesickert – Geflüster, Hinweise, Fetzen – aber nichts, was wir beweisen konnten, nichts, was wir nachvollziehen konnten.«

»Geflüster über was?«, fragte Olivia vorsichtig.

»Carla Ricci wurde hereingelegt.«

»Das wussten wir«, sagte Trent heftig.

»Nein, sie wurde nicht von Dschihadisten überfallen. Sie wurde Boko Haram von einem Insider auf dem silbernen Tablett serviert.«

»Jemand aus dem Geschwader?« Er krallte sich so sehr an die Lederarmlehnen, dass seine Knöchel weiß wurden.

»Nein. Das schwarze Geschwader war sauber. Aber es muss jemand aus dem Sonderkommando gewesen sein, jemand, der ganz weit oben sitzt und ihre Deckung kannte.«

»Wieso?«, fragte Olivia fast stimmlos.

Der Konteradmiral schüttelte den Kopf. »Wir

haben es nie herausgefunden. Die Akte wurde geschlossen und was von Carla Ricci übrig geblieben war, wurde zusammen mit ihren persönlichen Gegenständen zu ihr nach Hause geschickt. Trent erhielt seine ehrenvolle Entlassung. Das Team zog weiter. Aber es hat mich seitdem nicht losgelassen.«

»Und warum denken Sie, dass es damit zusammenhängt?«, drängte Olivia.

Trent war froh, dass sie Sampson ausquetschte. Er war in seinem Zustand nicht dazu in der Lage. Sein Kopf brummte. Sein Blut rauschte in den Ohren. Und sein Sichtfeld war auf einen Punkt geschrumpft.

»Weil meine Akten über den Mord an Carla Ricci über Nacht aus meinem Büro entfernt wurden, nur wenige Stunden bevor man mich vor die Tür gesetzt hat.« Lloyd Sampson hob sein Glas mit zitternder Hand, leerte es und knallte es wie einen Schlusssatz auf seinen Mahagoni-Schreibtisch.

11

Olivia fuhr auf die I-66 East in Richtung Fairfax und warf einen kurzen Blick auf ihren Passagier. »Alles in Ordnung bei dir? Du hast kein Wort gesagt, seit wir weg sind.«

Er starrte ziellos durch die Windschutzscheibe und die Deckenbeleuchtung warf Schatten über sein Gesicht. Nach einem langen Moment zuckte eine Vene in seinem Hals. Dann sagte er ausdruckslos: »Mir geht es gut. Wohin fährst Du? Du wolltest doch auf die 66 West nach Shenandoah Falls.«

»Ich weiß. Ich dachte, es wäre sinnvoller für dich, wenn du bei mir übernachtest.«

Seine Wimpern flatterten, aber er bewegte seine Augen nicht von der Straße weg. »Bei dir?«

»Ja, wir sind nur etwa eine halbe Stunde von meiner möblierten Wohnung aber zwei Stunden von Shenandoah Falls entfernt. Ich weiß zwar nicht, wo du wohnst, aber bis zum Potomac Campus ist es noch über eine Stunde. Es ist schon Mitternacht. Außerdem solltest du heute Nacht nicht allein sein.«

»Du musst dich nicht um mich kümmern. Mir geht es gut.«

Sie lachte kurz. »Du magst es nicht, wenn der Spieß umgedreht wird, was?«

Er wandte seinen Blick von der Straße ab und sah sie an. »Was?«

»Ich habe dir gesagt, dass es mir im Grunde gut geht, seit ich dich getroffen habe, aber das hat dich nicht aufgehalten.«

»Du wurdest von deinem Mann verraten. Und von deiner Regierung. Eine amtierende Senatorin wollte dir in den Hinterkopf schießen. Es ging dir *nicht* gut.«, schoss er aufgebracht zurück.

»Und dir geht es *jetzt nicht* gut. Du hast gerade herausgefunden, dass deine SEAL-Kollegin, deine *Geliebte,* von jemandem ermordet wurde, mit dem du zusammen gedient hast.«

Er fuhr sich mit den Händen übers Gesicht. »Ich komm damit klar.«

»Dessen bin ich sicher, aber du musst es nicht

selbst durchstehen. Du kommst mit mir nach Hause. Du wirst eine Mütze Schlaf nehmen und morgen besprechen wir die nächsten Schritte.«

»Nein, wirklich nicht.«

»Wie bitte?«

»Als Jake und ich sagten, du könntest helfen, wusste ich nicht, worauf wir uns einließen. Wenn Sampson recht hat und Carla getötet wurde, um ein Geheimnis zu schützen und das Gerücht über eine Partnerschaft mit Boko Haram in die Welt gesetzt wurde, um dieses Geheimnis zu schützen, und man mich aufgespürt hat, um eine Akte zu stehlen, damit dieses Geheimnis weiter geschützt wird, dann ist es ein Geheimnis, dass sie unter allen Umständen bewahren werden. Ich werde dich nicht vorsätzlich in Gefahr bringen.«

»Das war keine Frage. Es war eine Feststellung. Du kommst jetzt mit zu mir. Wir werden etwas schlafen. Dann werden wir das gemeinsam diskutieren. Du kannst so tun, als ob alles in Ordnung wäre, aber du bist kein SEAL-Prototypensoldat-Roboter. Du bist ein Mensch.« Sie schlug zur Betonung mit der Hand auf das Lenkrad.

Sie verfielen in eine angespannte, unruhige Stille. Sie fragte sich, ob sie zu weit gegangen war.

Aber nach zwölf Meilen von nichts anderem als

dem Geräusch des Autos, das über die Straße rollte und seine tickende Uhr am Handgelenk, sagte er ganz leise, so leise, dass sie es fast nicht gehört hätte: »Danke.«

Dann legte sie behutsam ihre Hand auf seine. »Ist doch selbstverständlich.«

Für den Rest der Fahrt sprachen sie nicht mehr, aber als sie an Potomac vorbeifuhren und das Lincoln Memorial in Sicht kam, verschränkte er seine Finger mit ihren und drückte sanft ihre Hand. Drei Ampeln später fuhr sie ins Parkhaus schräg gegenüber von dem Gebäude mit den Eigentumswohnungen und parkte den Kombi auf dem ersten Mieterparkplatz. Dann drehte sie sich zu ihm um. Er blickte ernst, war angespannt, als würde er versuchen, Kopfschmerzen oder etwas Schlimmeres abzuwehren.

»Wir sind da.«, sagte sie.

»Du lebst in einem Parkhaus?«

Der verkorkste Witz löste die Spannung, und beide brachen in ein fast unnatürliches Lachen aus. Sie eilten die Treppe hinunter, überquerten die Straße in der Nachtbeleuchtung und tippten den Türcode ein.

Keine Briefe von Mateo, betete sie insgeheim, als sie am Empfangsschalter vorbeiraste. Tayvon blickte nicht von seinem Video auf, um sie daran zu erinnern, in den Briefkasten zu schauen, was wohl bedeutete, dass ihr Ex-Mann vermutlich keine internationalen Briefmarken mehr hatte.

Sie ging am Aufzug vorbei und führte Trent die Treppe hinauf zu ihrer Wohneinheit. Sie schaltete die Beleuchtung an und gestikulierte in ihrem spärlichen, unpersönlichen Wohnzimmer und ihrer Küche herum. »Mein trautes Heim.«

Er begutachtete den Raum. »Ich dachte, du wärest schon vor Monaten hier eingezogen.«

»Bin ich auch.«

»Wo sind deine Sachen?«

Ihre *Sachen* wurden von Mateo in einem dementen Machtspiel als Geisel gehalten. Er weigerte sich, alles den transnationalen Umzugsleuten zu übergeben, die ihr Scheidungsanwalt für sie angeheuert hatte. Stattdessen erschien von Zeit zu Zeit ein Sortiment zufällig ausgewählter Gegenstände, bzw. Kleidung – ihre Skijacke, eine Vase, die Hochzeitsdecke, die ihre Großmutter speziell für sie angefertigt hatte – ohne Vorwarnung –in Clare Robinettes Büro. Sie vermutete, dass es nur eine Frage der Zeit war, bis er anfing, ihr Eigentum in die Wohnung zu verfrachten.

Trent starrte sie an und wartete auf eine Antwort, also sagte sie locker: »Das meiste davon ist immer noch in Mexiko-Stadt.«

Er runzelte die Stirn. »Er will dir deine Sachen nicht zurückgeben?«

»Es ist ein kleiner Preis, den ich zahlen muss, um frei von ihm zu sein. Außerdem wird ihm dieses Spielchen im Laufe der Zeit sicher langweilig und er wird aufgeben.«

»Es ist immer noch ein beschissener Schachzug. Du hast etwas Besseres verdient.«

Sie zuckte mit den Schultern. »Ich gehe mich mal eben umziehen. Bedien dich im Kühlschrank, aber erwarte nicht allzu viel. Im Gästebad findest du Handtücher und Toilettenartikel, falls du etwas brauchst.«

Sie zog sich in ihr Schlafzimmer zurück und ging in das angrenzende Badezimmer. *Du verdienst etwas Besseres,* wiederholte sie seine Worte zu sich selbst im Spiegel.

Wirklich? Gütiger Gott, das hoffte sie sehr.

Sie zog ihre Kleider aus, spritzte sich Wasser ins Gesicht und bürstete ihre Haare. Schließlich kam sie in einem weichen, abgetragenen T-Shirt, einer schlabberigen Yogahose und einer anderen

Wollstrickjacke aus ihrem Badezimmer, während die Dusche im Gästebad plätscherte.

Sie wickelte sich in eine weiche Decke auf der Couch ein und blätterte lustlos durch die gewichtige gebundene Ausgabe, die ihr ihre Mutter per Post geschickt hatte. Ihre Mutter schwor, dass alle in ihrem Buchclub dieses Buch verschlungen hätten, aber Olivia war da wohl anderer Meinung. Sie las den gleichen Absatz dreimal hintereinander und gab sich geschlagen, als der Wasserhahn zugedreht wurde.

Einen Augenblick später erschien Trent an der Tür mit feuchten Haaren und einem beige-braun gestreiften Handtuch um seine Hüften drapiert.

»Fühlst du dich besser?«, fragte sie und wendete ihre Augen von seiner nackten Brust ab.

»Ja. Eine heiße Dusche ist besser als ein Glas Bourbon. Sampson sollte es mal versuchen.« Er lächelte lässig, als ob er im Grunde genommen nicht nackt in ihrem Wohnzimmer herumstehen würde.

Sie hüpfte auf und deutete auf das Gästezimmer neben dem Bad. »Du kannst dich dort anziehen.«

Er blieb noch einen Augenblick stehen, ging dann in den Raum mit dem Handtuch weit unten an der Taille und seinen Kleidern in der Hand. Sie flüchtete in die Küche und füllte den Wasserkocher mit Wasser, lehnte sich an den Tresen und schloss die Augen, um ihren Herzschlag wieder zur Ruhe zu bringen. Ein kurzer Blick auf ihren Fitness-Tracker bestätigte, dass das Gerät dachte, sie würde sprinten.

Sie konzentrierte sich auf eine tiefe Atmung und klärte ihren Geist von dem Bild von Trents Grinsen und den duschgedämpften Haaren, ganz zu schweigen von seiner muskulösen Brust und seinem braungebrannten Bauch. Als der Kessel pfiff, hatte sich ihr Puls wieder normalisiert.

Sie klopfte an die Tür zum Gästezimmer.

»Komm rein«, rief er.

Bitte benimm dich anständig, dachte sie, auch wenn ein Teil von ihr hoffte, dass er es nicht tun würde.

Sie öffnete vorsichtig die Tür. Er war noch ohne Hemd und barfuß, aber immerhin trug er seine Jeans. Er stand an dem breiten Fenster mit Blick auf den National Mall Park.

»Du hast eine wunderbare Aussicht.«

Sie stellte sich zu ihm ans Fenster und blickte auf die durch steinerne und gläserne Denkmäler und Gedenkstätten unterbrochene Rasenfläche. »Ich verbringe nicht viel Zeit damit, durchs Fenster zu schauen, aber du hast recht, es ist atemberaubend.«

Er drehte sich vom Fenster um und sah sie eindringlich an. »Ja, atemberaubend.«

So schauten sie sich noch eine Weile wortlos an. Sie beobachtete, wie sein Adamsapfel hüpfte, wenn er schluckte und erinnerte sich an das Gefühl seiner starken Hände, die ihr Gesicht umfassten.

»Ich glaube, dass ich hier irgendwo ein T-Shirt habe, dass dir passen könnte.«

»Fraglich.« Seine Augen bemusterten sie von oben bis unten.

Sie schüttelte den Kopf. »Das Gebäude hier hatte eine Softballmannschaft. Ich habe First Baseman gespielt, aber wir haben die Mannschaft aufgelöst, weil wir nie genügend Spieler aufstellen konnten. Eine Niederlage nach der anderen. Auf alle Fälle war das T-Shirt viel zu groß für mich. Sekunde.«

Sie wühlte im Schrank herum, zog ein graumeliertes Shirt mit braunen Ärmeln hervor und warf es ihm zu.

Er zog es über den Kopf und glättete das Material über seinen Brustkorb. »Danke. Passt wie ein Handschuh.«

Tat es wirklich.

»Tee?«, platzte sie heraus.

Er blinzelte. »Wie bitte?«

»Ich mache gerade Kamillentee. Der beruhigt

mich vor dem Schlafengehen. Möchtest du welchen?«

Er lächelte halbwegs. »Klingt großartig.«

Sie ließ ihn am Fenster stehen, um die beleuchteten Denkmäler zu bewundern und ging in die Küche, um den Tee zu machen. Nach einem Moment schlurfte er aus dem Schlafzimmer und ließ sich aufs Sofa fallen.

»Zitrone und Honig?«, rief sie aus der Küche.

»Ja, gerne.«

Sie brachte die Tassen hinein, reichte ihm eine, setzte sich aufs andere Ende der Couch und zog die Beine ein. Sie nippte am Tee und beobachtete ihn.

»Wie geht es dir? Ehrlich?«

Er schnitt eine Grimasse. »Beeindruckt. Ich kann einfach nicht glauben, was uns Sampson erzählt hat.«

»Aber du denkst, dass es stimmt?«

Nach langer Überlegung nickte er. »Ja.«

»Wie gehen wir als Nächstes vor?«

Er schaute sie über die Tasse hinweg an. »Ich glaube nicht, dass die Akte noch wichtig ist. Wenn Sampson recht hat und das Gerücht nur erfunden ist, dann ist der Diebstahl der Akte Provokation, damit ich sie verfolge – wer auch immer sie sind.«

»Und du wirst es nicht?«

»Eigentlich doch. Aber morgen gehe ich zuerst zu Carlas Vater – allein. Mr Ricci lebt in Hyattsville. Das ist nicht weit von hier.«

Sie nickte und sah den Schmerz in seinen Augen lodern. Sie schluckte. »Danach was? Und erzähl mir jetzt nicht, dass ich mich da raushalten soll. Denn ich werde den Teufel tun.«

»Ich weiß nicht, wie wir dann vorgehen sollen.« Er stellte die Tasse auf den Beistelltisch. »Danke. Ich möchte nicht ... ich bin froh, heute Nacht nicht allein zu sein.«

Der Knick in seiner Stimme brach ihr das Herz. Instinktiv krabbelte sie über die Couch und legte ihre Arme um ihn. »Es tut mir furchtbar leid.«

Er verbarg sein Gesicht für eine Weile in ihrem Hals. Dann nahm er einen langen, schaudernden Atemzug und hob den Kopf an, um sie anzusehen. »Mir auch. Der Grund, warum ich dich am Seehaus beobachtet habe, ist, weil ich Angst habe, dass dir etwas zustößt, wenn ich mich dir nähere, so wie es mit Carla war. Und das würde ich mir niemals verzeihen.«

Sie starrte in seine goldbefleckten Augen, die übersprudelten vor Schmerz und Wut und fragte ganz leise und behutsam. »Darf ich nicht mitreden?«

»Was?«

»Was, wenn ich dazu bereit bin, das Risiko einzugehen, Trent? Denn das bin ich.«

Er schloss die Augen und saß unbeweglich da. Dann musterte er sie. »Bist du dir da ganz sicher?«

»Sicherer, als ich es jemals für irgendetwas gewesen war.«

Er benetzte seine Lippen.

»Aber unter einer Bedingung.«

»Die wäre?«

»Du musst Frieden schließen mit dem, was Carla zugestoßen ist und dir selbst verzeihen. Ich kann nicht – will nicht – mit einem Geist konkurrieren.«

Ein Schatten der Sorge fuhr über sein Gesicht, aber er nickte. »Das ist akzeptabel.«

Sie nahm sein Kinn in ihre Hände und zog sein Gesicht zu ihrem herab. »Ich werde so lange auf dich warten, wie du brauchst. Aber du musst auch bereit sein, mit mir zusammen zu sein – ganz gleich wie chaotisch und riskant das sein mag.«

Als Antwort neigte er seinen Kopf und drückte seinen Mund gegen ihren Halsansatz. Ein sanfter Seufzer entwich ihren halb geöffneten Lippen und er bewegte seinen Mund auf ihren. Sie trank ihn, ihre Hände gruben sich in seinen Rücken, während er sie mit Küssen bedeckte. Sie fuhr mit den Händen unter das Softballshirt und streichelte seinen harten

Brustkorb. Einen Moment später brummte er und nahm ihre Hände. Er küsste sie auf die Unterseite ihrer Handgelenke.

»Es ist das Warten wert«, versprach er, während er einen Arm um sie herumlegte und sie an seine Seite drückte.

Sie kuschelte sich an ihn und ruhte mit dem Kopf auf seiner Brust. Er streichelte ihr Haar und sie hörte dem sanften Pochen seines Herzens zu— *bumm, bumm; bumm, bumm*—bis sich ihr Atem seinem Rhythmus anpasste und ihre Augen zufielen.

12

Trent beobachtete, wie Olivia sich auf dem Sofa räkelte und dabei kleine Murmelgeräusche machte. Das schwache Morgenlicht, das durch die Jalousien im Wohnzimmer strahlte, tanzte in einem Streifenmuster über ihr Gesicht. Sie öffnete die Augen, setzte sich, streckte ihren Rücken und rollte den Nacken.

Ihr Blick landete auf ihm, als sie bemerkte, dass er auf dem Stuhl gegenüber saß. Sie lächelte verschlafen. »Wie lange beobachtest du mich schon im Schlaf?«

Er blickte auf die Uhr. »Fünfundzwanzig Minuten. Du hast geschlafen wie eine Tote. Ich wollte erst etwas Kaffee mahlen, aber ich wollte dich nicht wecken.«

Sie hüpfte auf die Beine, glättete ihr Haar und zog ihren langen Pullover herunter. »Ich bin eine schlechte Gastgeberin.«

Sie sammelte die Tassen vom Vorabend ein und ging in die Küche. Er streckte einen Arm aus und packte sie an der Taille.

»Hoppla, nicht so schnell. Guten Morgen.«

Sie blickte ihm einen Moment in die Augen und schaute dann weg. »Morgen. Ich würde dich gerne fragen, wie du geschlafen hast, aber ich kenne bereits die Antwort – unbequem auf der Couch.« Sie lachte kurz.

Er nahm ihr die Tassen aus der Hand und brachte sie zur Spüle, um sie auszuspülen. »Du irrst«, sagte er ihr über die Schulter hinweg. »Ich habe großartig geschlafen.«

Dies war nur teilweise wahr. Die Nacht war hervorragend gewesen. Olivias warmer Körper, der sich an ihn schmiegte, das auf und ab ihres Atems, die blonden Haare, die seinen Arm bedeckten – die körperliche Verbindung mit jemandem, der ihm etwas bedeutete, jemand, dem er etwas bedeutete – es füllte den leeren Teil seiner Seele, dessen Existenz er noch nicht einmal erahnt hatte. Aber geschlafen hatte er nicht. Sein Verstand hatte die ganze Nacht gearbeitet, ein Wirrwarr aus Gedanken an Carla, das Team und Sampson.

Olivia schlurfte zu ihm hin. »Echt?«, Sie kniff die Augen zusammen.

»Echt.«

»Aha. Eigentlich siehst du müde aus. Ich mache erst mal Kaffee.«

Sie langte über ihn, um den Glasbehälter mit den ganzen Kaffeebohnen von einem Regal über der Spüle zu nehmen und ihr Arm stieß gegen seinen Brustkorb, was ihn elektrisierte.

Er griff nach dem Glasbehälter und reichte ihn ihr. »Bitte schön.«

»Danke.«

Er sah ihr zu, wie sie den Kaffee mit größter Sorgfalt zubereitete und fragte sich, ob ihre Bewegungen immer so kontrolliert sind. Er stellte sich vor, wie sie in wilder Ekstase mit zurückgeworfenem Kopf vor Lust stöhnte. Gelüste machten sich in ihm breit und er ging schnell zur anderen Seite des Küchentresens, um etwas Abstand zwischen sie zu bringen.

Konzentrier dich, du Dummkopf. Du hast erst noch etwas Arbeit zu erledigen.

Sie warf ihm einen amüsierten Blick zu, als

könne sie seine Gedanken lesen. Während die Kaffeemaschine gurgelte und blubberte, lehnte sie sich zurück und studierte sein Gesicht.

»Willst du immer noch zu Carlas Vater fahren?«

»Ja.«

»Nimm den Kombi. Ich muss nirgendwohin fahren.« Sie schob die Schlüssel über den Küchentresen.

»Bist du sicher?«

»Sicher.«

Er grinste. »Nett von dir. Und es garantiert, dass ich zu dir zurückkomme und dich informieren muss.«

»Oh ja, in der Tat. Welch ein glücklicher Zufall.« Sie grinste zurück.

Er blieb länger, als er sollte, trank Kaffee und scherzte mit Olivia. Er wollte diese unerklärliche Wärme ihrer sterilen Küche nicht verlassen. Nein, das stimmte nicht. Er wollte *sie* nicht verlassen. Aber nach dem dritten Kaffee dieser starken morgendlichen Röstung, zwang er sich selbst dazu, die Autoschlüssel zu nehmen.

»Ich bin in ein paar Stunden wieder zurück. Du bleibst hier, okay? Keine Alleingänge in die Nähe von Potomac, keine schnellen Besorgungen. Kopf einziehen.«

Sie brachte ihn zur Tür und legte ihre Hände leicht auf seine Oberarme. »Ich bleibe außer Sichtweite. Sei vorsichtig.«

»Verlass dich drauf.«

Er fuhr mit dem Daumen über ihre Unterlippe. Sie schauderte und ihre Augen verdunkelten sich vor Begierde. Dann schluckte sie und schüttelte leicht den Kopf.

»Gut. Bis später.« Sie stellte sich auf die Zehenspitzen und gab ihm einen festen Kuss mit Kaffeegeschmack auf die Lippen.

Er zog ihre Lippen in seine Zähne ein und küsste sie zurück. Dann eilte er hinaus, bevor die Situation auf die schönste vorstellbare Weise eskalieren würde.

E r spähte durch die Windschutzscheibe auf den Rancher gegenüber von der Straße. Das Haus, in dem Carla aufgewachsen ist. Die Riccis hatten in diesem hübschen Dreizimmerhaus vier Kinder großgezogen – drei Jungs und eine Wildkatze, so wie Carla sagen würde. Der Rasen war umzäunt, die amerikanische Flagge wehte im Wind und eine Limousine älteren Modells parkte direkt vor dem Eingangstor mit zwei Rädern auf dem Bürgersteig, um etwas Platz auf der engen Straße zu lassen.

Ein großer Kerl, ein Hundeausführer mit bauschiger Windjacke und einer Strickmütze tief übers Gesicht gezogen, warf Trent einen finsteren Blick zu, als er mit zwei Retrievern und einem Boxer am Auto vorbeiging. Er saß schon ein wenig zu lange da. Er musste aussteigen, bevor der Hundeausführer oder irgendein anderer wachsamer Nachbar die Bullen auf ihn hetzte.

Er bewegte den Kopf hin und her und stieg aus dem Auto aus. Er vergrub die Hände in die Hosentaschen, senkte den Kopf gegen den Wind und joggte über die Straße. Während er das Tor öffnete und den Gehweg betrat, wurde ein Vorhang im Wohnzimmer zur Seite geschoben. Es war jemand zu Hause und beobachtete.

Er ging lässig und unbekümmert weiter, zählte dabei die Munition, die er bei sich hatte und übte den Griff zur Pistole. Er hatte nicht bei Olivia geprahlt. Aber selbst mit einem gebrochenen Handgelenk war sein Abzug blitzschnell und seine Treffsicherheit war tödlich. *Hoffen wir, dass ich es nicht beweisen muss,* flüsterte er zum Himmel, bevor er die Treppenstufen hinaufeilte.

Er drückte die Türglocke und hörte die Klingel im Haus nachhallen. Kein Bellen antwortete auf das Klingeln und er atmete erleichtert auf. Die Anwesenheit eines Hundes brachte immer ein Element der Ungewissheit in jede Mission ein. Bello könnte ein Schoßhündchen sein. Oder aber ein heimtückischer Killer. Das konnte man vorher nie wissen.

Schwerfällige Schritte gingen durch den Flur. Das Klickgeräusch eines Schlosses. Kurz darauf öffnete sich die braune Tür. Ein grimmiger olivhäutiger Mann blinzelte ihm entgegen. Er stützte sich mit der linken Hand auf einen Stock.

»Mr Ricci, Sir?«

Der Mann nickte. »Habt ihr Jungs etwas vergessen?«

Trent zog eine Augenbraue hoch. »Entschuldigen Sie, Sir?«

Dieses Gespräch würde schwierig werden, wenn nicht sogar unnütz, wenn Constantino Ricci an Demenz erkrankt wäre. Er überlegte, ob er nicht einfach zurückgehen und etwas über die falsche Hausnummer murmeln sollte. Aber die Augen des alten Mannes verhärteten sich. »Sind Sie nicht einer der Männer von letzter Nacht, mein Sohn?«

· · ·

Welche Männer?

Trent drückte seine Zunge gegen die Zähne, antwortete aber nicht. Stattdessen streckte er dem Mann die Hand entgegen. »Sir, mein Name ist Trent Mann. Ich war Lieutenant Commander in der—«

Riccis Gesichtsausdruck verwandelte sich in eine Überraschung, während er Trents Hand mit einem erstaunlich starken Griff schüttelte. »Carlas Freund. Ich weiß wer Sie sind.« Nach einer langen Pause winkte er mit seinem Stock. »Kommen Sie rein.«

Trent ging hinein und der alte Mann verriegelte die Tür hinter ihnen.

»Hat Ihnen Carla von mir erzählt?«

Carlas Mutter starb als sie in der Highschool war und Trent wusste, dass sie ein sehr inniges Verhältnis zu ihrem Vater hatte. Aber er konnte sich kaum diesen Brief nach Hause oder dieses Videogespräch vorstellen, in dem sie gesagt hätte »Ich schlafe mit meinem Partner.«

Ricci kicherte. »Nein. Eigentlich hat sie eine Menge über Sie erzählt. Aber sie hat mir nie einen Grund gegeben, zu denken, dass ihr etwas anderes als Partner seid. Ich meine, ein Zweier-Team.«

»Also woher...?«

»Kommen Sie in die Küche. Ich war gerade dabei, mir ein spätes Frühstück zuzubereiten. Sie sehen aus wie ein Mann, der ein paar Würstchen und Eier vertragen könnte.«

Er humpelte zur Hinterseite des Hauses und Trent folgte.

Bei einer Riesenportion Spiegelei und Frühstückswürstchen erzählte Constantino Ricci die Geschichte. »Nachdem sie Carlas persönliche Habseligkeiten zurückgeschickt hatten, habe ich nicht gleich alles durchsucht. Ich konnte es einfach nicht. An ihrem Geburtstag habe ich es schließlich getan. Da gab es nicht viel. Ein paar Kampfanzüge, eine Schachtel mit Postkarten, das Zeug, dass sie sich in die Haare schmierte, um sie zu bändigen.« Er hob die Hände zum Kopf und imitierte Locken um sein kurzgeschorenes graues Haar.

Trent lächelte. »Lockencreme. Sie hätten sie mal während der Regenzeit sehen sollen – bei der ganzen Feuchtigkeit war ihr Haar ein absolutes Chaos.«

Diese Haarpracht war für sie wie ein Fluch gewesen, aber er hatte die glänzenden schwarzen Locken, die wie Korkenzieher in alle Richtungen sprangen, gemocht.

Carlas Vater nickte. »Wie hier im Sommer.

Mannomann.«

Sie verfielen ins Schweigen, beide in ihren Erinnerungen verloren.

Schließlich hustete Ricci in seine Faust. »Nun, ich habe ein paar ihrer Briefe gelesen. Vielleicht war es falsch, keine Ahnung. Aber ich habe genug erfahren, um zu wissen, dass Sie ein Paar waren und sie Ihnen vertraute.«

»Mir vertraute mit was?«

Der Mann zuckte mit den Schultern, zog sich auf die Beine und öffnete die Gefrierfachtür des mandelfarbenen Kühlschranks. »Mit allem, was hier drinnen ist.«

Er durchquerte den Raum und stellte eine kleine, rechteckige Metallbox geräuschvoll auf den Tisch. Eine Karteikarte war mit Isolierband auf den Deckel geklebt. Und sein Name stand in Carlas eleganter Kursivschrift auf der Karte. *Für Trent Mann aufbewahren.*

Trent legte die Hand auf die Karte und ließ die Kälte des Kühlschranks sein zu heiß gewordenes Blut abkühlen.

»Was ist da drin?«

Ricci blickte ihn erstaunt an. »Du liebe Güte, woher soll ich das wissen? Es steht nicht drauf, dass ich es öffnen soll. Also habe ich es auch nicht. Hier steht klar und deutlich: ›Für Trent Mann‹ aufbewahren. Also habe ich es für Sie aufgehoben. Glücklicherweise habe ich es zusammen mit meinen wichtigen Dokumenten in meinem Safe aufbewahrt.« Er winkte mit einer Hand zum Gefrierfach.

Trent löste seine Aufmerksamkeit von seinem Namen auf der Karte. Carla hatte ihren Stift gehalten und diese Buchstaben geschrieben. Wann? Wieso?

»Warum sagen Sie das?«

»Weil diese Typen, die gestern Abend hier waren und an meine Tür hämmerten, alles aus ihrem Zimmer mitgenommen haben, bis auf das letzte Detail, einschließlich der Truhe mit ihren persönlichen Habseligkeiten.« Er grölte. »Aber sie haben nicht ins Gefrierfach geschaut.«

Trents Puls schnellte in die Höhe. »Wer waren diese Typen, Mr Ricci?«

»Sie haben sich nicht vorgestellt. Sie haben nur gesagt, sie kämen von der Navy und müssten sich Carlas Sachen für ein paar Untersuchungen ausleihen. Aber ich habe Zweifel an ihrer Identität«, gab er zu bedenken.

»Können Sie sie beschreiben?«

»Sicher. Vier Männer. Alle mindestens so groß

wie Sie. Der Mann, der geredet hat, hatte eine fette Lippe, die in der Mitte gespalten war. Sie trugen alle schwarze T-Shirts—«

»Schwarze Jeans und schwarze Stiefel«, fuhr Trent fort.

»Ja, ganz genau.«

Trent versuchte, ruhig zu sprechen. »Können Sie für ein paar Tage irgendwohin gehen? Vielleicht einen Ihrer Söhne besuchen? Ich muss unbedingt etwas erledigen.«

Der alte Mann beugte sich vor und starrte Trent an. »Was ist hier los?«

Er war ihr Vater. Er hatte das Recht, es zu erfahren.

»Ich glaube, dass Carla ermordet wurde.« Er hielt eine Hand hoch, um das Gespräch zu stoppen. »Was ich damit sagen will, ist, dass sie jemand in eine Falle gelockt hat. Jemand auf unserer Seite hat sie an Boko Haram ausgeliefert.«

»Ein SEAL-Kollege hat sie getötet?«

»Oder höchstwahrscheinlich ihren Tod verursacht. Es tut mir leid, Mr Ricci.«

Constantino Ricci ließ den Kopf in seine Arme fallen und schluchzte leise. Trent langte über den Tisch und legte eine Hand auf seine dünne, bebende Schulter.

Als Ricci aufschaute hatte er rote, aber trockene Augen. Und voller Feuer. »Und diese Männer, die zu mir ins Haus kamen?«

»Ich denke, dass sie versuchen, es zu vertuschen. Deshalb wäre es gut, Sie würden für eine Weile von hier verschwinden. Im Falle, dass sie zurückkommen.«

Ricci streckte sein Rückgrat. »Wenn sie zurückkommen, werden sie sich wünschen, es nicht getan zu haben.«

Trent gab das Gespräch auf. Er würde Jake bitten, jemanden vor das Haus zur Beobachtung zu platzieren, aber es hatte keinen Sinn, mit einem kummerbeladenen Vater zu diskutieren.

»Ja, Sir.«

»Und was werden Sie damit tun?« Er deutete auf die Metallbox.

Trent ließ sie in die Jackentasche gleiten und stand auf. Sie hing weit herunter. So dünn sie auch war, die Box war schwer.

Er blickte Carlas Vater in die Augen. »Ich werde den Mörder Ihrer Tochter finden und den Grund dafür recherchieren. Und sie werden dafür zahlen.«

Ricci nickte zufrieden.

Trent setzte mit heiserer Stimme fort. »Für den Rest meines Lebens werde ich mir niemals verzeihen, dass ich sie alleine zu diesem Treffen gehen ließ. Es tut mir furchtbar leid.«

Er war überrascht, als der alte Mann in Gelächter ausbrach. »*Niemand* konnte Carla irgendetwas vorschreiben, mein Freund. Wenn Sie sie richtig gekannt hätten, wüssten Sie das.«

Trent senkte betroffen seinen Blick. »Trotzdem.«

Ein langes Schweigen breitete sich zwischen ihnen aus. Schließlich räumte Trent das Geschirr ab, damit er seine Hände bewegen konnte. Er merkte, dass ihn Ricci vom Stuhl am Tisch beobachtete.

»Ich weiß nicht, ob ihr zwei ineinander verliebt wart oder etwas in der Art. Und ich will es nicht wissen. Aber ich werde Ihnen jetzt mal erzählen, was mir Carla nach dem Tod ihrer Mutter gesagt hat.«

Trent drehte sich von der Spüle um und sah dem alten Mann in die Augen.

Seine Stimme bebte. »Keine Frau möchte, dass ihr Mann mit ihr zusammen stirbt. Sie möchte, dass er lebt und jemanden anderen findet, mit dem er sein Leben teilen kann. Er ist es ihr *schuldig*. Nun, ich habe nicht auf meine Tochter gehört. Deshalb bin ich auch ein Vollidiot. Machen Sie nicht den gleichen Fehler.«

13

Olivia hatte ihr Versprechen gegenüber Trent gehalten. Größtenteils.

Nachdem sie geduscht hatte, suchte sie in ihrer Küche nach etwas Essbarem zum Frühstück, aber ihre Speisekammerregale und ihr Kühlschrank glänzten mit gähnender Leere. Sie hatte noch nicht einmal einen Joghurt, der das Verfallsdatum überschritten hatte.

Also band sie sich die Schuhe, setzte eine lächerliche übergroße Sonnenbrille auf und legte einen Schal um ihr Haar, um durch den Park zu dem geschäftigen Bauernmarkt zu laufen. Sie jonglierte ihre überfüllten Stofftaschen, ein Baguette und eine Flasche Wein durch die Lobby, als jemand ihren Namen rief.

Trent stand vor dem gläsernen Eingang und machte ein Gesicht wie drei Tage Regenwetter. Sie nickte zur Frau am Empfangsschalter.

»Alma, er ist mein Gast.« Sie neigte ihren Kopf in Richtung Tür und hob die schweren Einkaufstaschen hoch. »Würdest du ihn bitte für mich reinlassen?« Sie setzte ihr überzeugendstes Lächeln auf.

Alma schaute zur Tür und wieder auf Olivia mit einer angehobenen Augenbraue und heruntergeklappter Kinnlade. »Mädchen, ist *das* der Typ, der dir ständig Briefe schickt?«, sprudelte sie heraus, während sie den Türöffner drückte.

»Ich wünschte, es wäre so«, antwortete Olivia.

Sie wartete, bis Trent bei ihr stand. Er schnappte sich zwei der Taschen und blickte sie böse an. »Hab ich dir nicht gesagt, du sollst in der Wohnung bleiben?«

»Mädchen müssen etwas essen. Außerdem war ich blitzschnell. Niemand hat mich gesehen.«

Er begutachtete sie. »Tolle Aufmachung. Ziemlich Jackie O.«

»Ich bin inkognito.«

Er deutete auf die Treppe. »Bist du gut zu Fuß oder willst du den Aufzug nehmen?«

Sie senkte das Kinn, um ihn über den Rahmen

der Sonnenbrille anzusehen. »Du machst Witze, oder? Einen Aufzug zu nehmen ist eine Einladung dazu, in die Enge getrieben zu werden – oder noch schlimmer, von einem blutrünstigen Feind niedergemetzelt zu werden.«

»Da hast du nicht ganz unrecht. Also Treppe.« Er ging vor und hielt ihr die Brandschutztür auf.

Hinter seinem Rücken fächerte sich Alma mit einem Flyer vom Supermarkt Wind entgegen. Olivia unterdrückte ein Lachen.

Nachdem sie in der Wohnung waren und sie ihre Verkleidung abgenommen hatte, half ihr Trent, die Lebensmittel zu verstauen. Dann schenkte sie sich jedem von ihnen ein Glas Wasser ein.

Sie setzten sich auf die Couch und nahmen die gleichen Positionen der letzten Nacht ein.

Sie betrachtete ihn und versuchte, seinen Gesichtsausdruck zu analysieren. Sah er trauriger aus? Beruhigter? Ruhig, aber angespannt? Sie konnte es nicht sagen.

Also fragte sie. »Wie ist es mit Mr Ricci gelaufen?«

Er nahm einen großen Schluck Wasser und stellte das Glas ab. »Es war interessant.«

»Inwiefern?«

»Unsere Freunde aus dem Pub haben ihm gestern Abend einen Besuch abgestattet.«

Sie riss den Mund auf. »Alles in Ordnung mit ihm? Haben sie ihn verletzt?«

»Es geht ihm gut. Sie haben ihm erzählt, sie würden Nachforschungen über Carlas Tod anstellen und haben die Truhe mit ihren persönlichen Dingen und so gut wie alles aus ihrem Zimmer mitgenommen.«

»Sie glauben, dass sie etwas über das Geheimnis wusste, was auch immer es war.«

»Ja«, stimmte er zu.

»Und du denkst, dass sie deshalb getötet wurde? Weil sie etwas herausgefunden hat, das sie nicht hätte sollen?«

Er nickte.

»Oh Trent.« Sie hätte ihn gerne in den Arm genommen, wusste aber nicht, wie er reagieren würde.

»Diese Typen, wer auch immer sie waren, versuchen mit aller Macht jemanden zu decken.«

»Wie gehen wir jetzt vor?«

»Wir müssen unbedingt mit Jake reden.« Ich möchte, dass er Mr Ricci unter Schutzbeobachtung stellt. Und ich will wissen, ob er Fortschritte gemacht hat, den Verräter in unseren Reihen zu finden.«

Sie nickte. »Ergibt Sinn.«

»Mein Besuch war auf andere Weise erleuchtend.«

Sie wartete.

»Ich denke, dass ich dorthin gegangen bin, weil ich nach Vergebung suchte. Einen Abschluss vielleicht. Ich weiß es nicht.«

Sie leerte ihr Glas und stellte es neben seines. »Was hast du gefunden?«

»Hoffnung vermute ich.«

Die goldenen Flecken in seinen Augen glänzten im Sonnenschein und ihr Mund wurde trocken. Er beugte sich vor und sie bewegte sich in seine Richtung. Da rutschte ein Kästchen aus seiner Tasche und fiel in ihren Schoß. Es war klein und dünn, aber schwer. Sie nahm es in die Hand.

»Was ist das?« Sie drehte es um und las seinen Namen auf der Karte, die auf dem Kästchen klebte.

»Das war in Constantino Riccis Gefrierfach. Es kam zusammen mit dem Rest von Carlas Sachen in die USA zurück und er hat das getan, was auf der Karte stand. Er hat es für mich aufbewahrt.«

Ihr Atem stockte. Sie zwang die Worte mit viel Mühe heraus: »Was ist drin? Ein Brief?«

Er schüttelte den Kopf. »Ich habe es im Auto geöffnet. Ich dachte, es würde uns etwas über das große Geheimnis erzählen, aber alles, was ich gefunden habe, war ein altes Handy. Natürlich tot. Wer weiß, ob wir es jemals wieder zum Laufen bringen – ich meine, immerhin war es im *Gefrierfach* des Mannes. Ich weiß nicht, was ich damit machen soll, aber es kommt mir wie eine Sackgasse vor.«

Sie stellte das Kästchen auf den Tisch neben die Wassergläser. »Es tut mir furchtbar leid.«

»Mir nicht. Ich habe in die Augen ihres Vaters geschaut. Ich habe mich entschuldigt. Ich habe meinen Frieden geschlossen und bin bereit, ein neues Leben zu beginnen. Mit dir.«

Er nahm ihr Gesicht in seine Hände und senkte den Kopf. Sie konnte nicht mehr atmen. Alles drehte sich in ihrem Kopf. Ihr Puls hämmerte.

Und ihr Handy klingelte unaufhörlich in ihrer Tasche.

Ihr Handy. Nicht das Wegwerfhandy, das auf der Kücheninsel lag. Ihr persönliches Telefon. In ihrer Tasche.

Ihre Gedanken bahnten sich schließlich einen Weg durch den Schleier des Verlangens und Bedürfnisses. Als sie endlich wieder klar denken konnte, zog sie sich aus Trents Umarmung zurück und fummelte das Telefon aus der Tasche heraus.

»Tschuldigung«, pustete sie, während sie den Anruf annahm. »Jake hier.«

»Ist Trent da?« Jake verlangte nach ihm ohne jegliche Begrüßung.

»Äh, ja. Willst du mit ihm sprechen?«

»Sag ihm, er soll seinen Arsch anheben und zu Konteradmiral Sampson fahren. Sofort!«

»Jake, was ist los?«

»Sampson ist tot. Sie sagen, es wäre Selbstmord.«

»Was? Das kann doch nicht – um Mitternacht ging es ihm noch gut.«

»Er hat sich erschossen. Angeblich. Trent soll mich dort am Haus treffen. Du bleibst, wo du bist.«

Sie sträubte sich gegen den Befehl.

»Olivia, hast du verstanden?«

»Ja.«

»Danke. Oh, und ich habe herausgefunden, wie dein Ex an deine Anschrift herangekommen ist.«

»Tatsächlich? So schnell.«

»Es war deine Mutter. Mateo hat sie kontaktiert und ihr vorgeheult, er wolle sich mit dir versöhnen.«

Olivia verdrehte die Augen. *Mama, wie konntest du?*

»Danke«, murmelte sie. »Ich erledige das mit Mama.«

»Viel Glück dabei. Sag Trent, er soll den Turbo

einlegen. Ich kenne da jemanden bei der örtlichen Polizei in Chantilly. Wenn wir das Verteidigungsministerium dort ausboten können, erlaubt er uns, uns umzusehen.«

»Mach ich.«

Sie beendete den Anruf. Trent starrte sie wartend an.

»Konteradmiral Sampson ist tot. Jake will, dass du ihn dort triffst. Irgendein Kumpel bei der Polizei wird dich reinlassen, wenn du es schaffst, vor dem Verteidigungsministerium da zu sein.«

»Tot? Wie?«

Sie verzog das Gesicht. »Anscheinend Selbstmord.«

»Quatsch. Unmöglich.«

»Klar.«

Er war bereits aufgestanden. »Kommst du nicht mit?«

»Ich soll hier bleiben. Außerdem muss ich einen wichtigen Anruf machen.«

»Oh?«

»Jake hat gesagt, dass Mateo meine Adresse von meiner *Mutter* hat.«

Er zuckte zusammen. »Übel.«

»Ja. Geh, mach schon.«

»Kann ich dein Auto nehmen?«

»Natürlich. Aber sie lässt sich nicht wie ein Mustang fahren, also fordere Mildred nicht so sehr.«

»Mildred?«

»Was denn, glaubst du, Leilah ist die Einzige, die ihren Autos Namen gibt?«

Er blickte sie lange von der Seite an und sie brach in ein Gelächter aus.

»Ich bin in Windeseile wieder zurück.« Er zog sie an sich heran und berührte ihre Stirn mit seinen Lippen.

»Ja, tu das.«

Nachdem Trent gegangen war, lief sie herum wie Falschgeld. Sampson war tot. Nur zwölf Stunden zuvor hatte sie in seinem Arbeitszimmer gesessen und Bourbon getrunken. Er war so höflich wie ein Offizier und Gentleman der alten Schule gewesen. Er hatte sich offen und ehrlich gezeigt. Er war entrüstet gewesen. Aber er war keinesfalls ein Selbstmordkandidat gewesen. Sie musste es wissen.

Dieser Gedanke führte zu Gedanken an ihre mitteilsame Mutter. Sie legte sie für eine Weile beiseite. Geschirr spülen, Kissen aufklopfen, Spam-

Mails löschen. Schließlich nahm sie doch ihr Handy und rief ihre Mutter an.

Einmal klingeln. Zweimal klingeln. Dreimal.

Gerade, als sie hoffte, ihr Stiefvater Ted würde abheben und ihr erzählen, Mama wäre beim Friseur oder in ihrem Buchclub oder bei irgendeiner Wohltätigkeitsveranstaltung in ihrem Rentnerverein am Strand, antwortete ihre Mutter.

»Livie, bist du's?«

»Hallo, Mama.«

»Hallo mein Schatz. Alles in Ordnung? Ist doch gar nicht Sonntag.«

»Ich weiß, Mama.«

»Oh, hast du das Buch zu Ende gelesen?«

Sie warf einen gelangweilten Blick auf den Wälzer, der immer noch auf dem Wohnzimmertisch lag. »Ich bin noch nicht ganz durch.«

Irgendwie war das nicht gelogen. Achtzehn Seiten von fünf Hundert als ›nicht ganz durch‹ abgehandelt.

»Olivia, du *musst* es lesen. Als Pansys Ehemann nach all diesen Jahren zurückkehrt, in denen Sie geglaubt hat, er wäre im Meer ertrunken ... es ist so ergreifend. Sie war in all den Jahren allein geblieben—«

»Warte mal. Mama, hast du mir dieses Buch geschickt, weil du glaubst, dass ich einsam bin?«

Sie quetschte das Telefon zwischen Ohr und Hals und streckte die Hand nach dem Buch aus. Sie drehte es um und betrachtete die Buchhülle. *Eine atemberaubende Geschichte über verlorene ... und wiedergefundene Liebe ... in einem kleinen Fischerdorf aus dem achtzehnten Jahrhundert.*

»Bist du das denn nicht, Liebes?«

Sie ließ das Buch fallen und rieb sich die Stirn. »Nein. ich bin sehr glücklich. Ich bin keine mutmaßliche Witwe, die siebzehnhundert noch was lebt und bei ihrem Spaziergang trauernd aufs Meer hinausschaut.«

»Das weiß ich.«

Mama war leicht gereizt. Sie seufzte.

»Bitte sprich nicht mehr mit Mateo, wenn er sich wieder anruft. Ganz egal, was er dir erzählt, wir werden uns nicht versöhnen. Niemals.«

»Sag niemals nie, Liebes.«

Sie wartete einen Moment. »Er hat versucht, mich an einen geheimen Ort der CIA zu verfrachten. Weißt du, was das bedeutet, Mama?«

»Ich denke nicht.«

»Dies ist ein Geheimgefängnis. Man hätte mich dort gequält und womöglich getötet.« Bei diesen

Worten drehte sich ihr Magen um, aber sie entsprachen der Wahrheit.

»Olivia!«

»Also kannst du dir nun vorstellen, warum ich absolut keine Absicht habe, zu ihm zurückzugehen.«

»Aber ich dachte, Karyn Anglin hat versucht, dich umzubringen? Sie war schon immer ein hinterlistiges Luder. Ich erinnere mich an unser zweites Studienjahr, als sie wollte, dass Quint Tatum sie auf seine Burschenschaftsfeier mitnimmt. Sie hat ihrem Begleiter eine Lebensmittelvergiftung verpasst. Fauler Fisch.«

Senatorin Anglins frühmanifeste Soziopathie war ihr neu, wunderte sie aber nicht.

»Sie hat auch versucht, mich umzubringen. Mama, ich war sehr beschäftigt.«

»So sehr, dass du keine Pläne mit deiner Cousine machen konntest, nehme ich an?«

»Wer, Chelsea? *Sie ist* beschäftigt. Sie hat ein kleines Unternehmen, aber wir reden oft zusammen. Wir werden uns bald treffen.«

»Gut. Ihr Mädchen habt euch so nahe gestanden, als ihr aufgewachsen seid. So wie ich und Tante Hailey.«

»Mm-hmm.« Sie hörte gar nicht mehr hin. Sie

streckte einen Finger aus und drehte Carla Riccis Metallbox um neunzig Grad.

Sie darf sie nicht öffnen. Erstens gehört sie Trent. Zweitens kannte sie ihre Mythologie. Die Büchse der Pandora zu öffnen, geht nicht gut aus. Drittens...

»Hör mal, Mama. Ich muss los. Versprich mir, dass du nicht mehr mit Mateo redest.«

Ihre Mutter war aufgebracht. »Na schön. Wenn du mir versprichst, dass du da rauskommst. Bring dich auf den Markt.«

Sie erschauderte bei dem Wort *Markt*, murmelte aber, »Ich arbeite dran. Ich ruf dich Sonntag wieder an. Liebe Grüße an Ted.«

Sie beendete den Anruf und starrte auf die Box.

Tu es nicht.

Sie tat es. Sie klappte sie auf. Wie Trent gesagt hatte, lag nur ein klobiges altes Handy darin. Dick und stabil. Eher wie ein Funkgerät als ein Handy. Sie holte es heraus. Ein Satellitentelefon. Sie wog es in der Hand und drehte es um. Nicht nur ein Satellitentelefon, ein Qīng Líng Satellitentelefon. Sie schloss die Hand um das kalte, harte Plastikteil.

Es musste ein Zufall sein.

Aber sie glaubte nicht an Zufälle. Sie rannte in ihr Schlafzimmer und wühlte in der Schublade ihres Nachttisches. Irgendwo musste es doch sein.

Schließlich fand sie es im Badezimmer im Kulturbeutel, den sie auf Reisen benutzte.

Sie brachte das klobige, unhandliche Ladegerät der Marke QL ins Wohnzimmer und steckte Carla Riccis Handy ein. Trents Bedenken, dass das Gerät im Gefrierschrank war, machte ihr keine Sorgen. Die Satellitentelefone von QL waren robust und dazu entwickelt, Missbrauch zu überstehen. Es würde sich einschalten. Es musste einfach.

Während das Ladegerät Wunder vollbrachte, machte sie sich ein Sandwich und blätterte durch das Buch des Fischers falscher Witwe. Nachdem sie die Küche aufgeräumt hatte, versuchte sie, das Gerät einzuschalten. Je mehr Saft es bekam umso besser.

Sie sagte den Override-Code auf, während sie die Einschalttaste drückte. Es fuhr hoch, piepste und forderte sie auf, das Kennwort einzugeben. Stattdessen hielt sie die Einschalttaste zehn Sekunden lang gedrückt. Solange sie die Zahlen des Override-Codes eingab, während das Telefon hochfuhr, könnte sie sich Zugang verschaffen. Es war alles eine Frage des Timings. Glücklicherweise hatte sie reichlich Erfahrung damit, da sie auf diese Weise jahrelang Mateos QL-Satellitenhandy für die CIA ausspioniert hatte.

Sie war schon beim ersten Versuch erfolgreich.

Sie scrollte durch die Rufliste und wusste nicht, nach was sie suchte. Dann rief sie die Liste mit den SMS auf und durchsuchte die Nachrichten nach Wörtern, die ihr auffielen. Sie kehrte zum letzten, neuesten Text zurück und las ihn noch einmal:

Ibrahaim Dalu will CR betr. BH treffen. 1400 Std. Café vor Aso Rock.

Sie starrte auf die abgekürzte Nachricht und versuchte, sie zu entziffern. CR ... Carla Ricci. BH ... Boko Haram. Und vierzehnhundert Stunden bedeutete in der Militärzeit zwei Uhr nachmittags. Dieser Text vereinbarte das Treffen mit dem Geistlichen, bei dem Carla Ricci getötet wurde. Aber von wem war er? Carla Ricci hatte keine Kontaktadressen – zumindest hatte Olivia keine gefunden. Ihr Magen krampfte, als sie erneut die Worte las, die Carla Riccis Todesurteil waren.

Sie runzelte die Stirn. Irgendetwas war faul bei dieser Nachricht.

Sie las sie erneut: *Ibrahaim Dalu will CR betr. BH treffen.*

Das war nicht Carlas Handy. Diese Mitteilung wurde nicht an Carla geschickt. Es ging dabei *um* Carla.

Ihr Herz raste. Sie wählte die Rufnummer, die diesen Text geschickt hatte. Es konnte doch nicht so einfach sein, aber Ockhams Rasiermesser befahl ihr, es zu versuchen.

Nach zwei kurzen Klingeltönen nahm eine Stimme den Anruf an. »Jillian? Warum rufst du mich unter dieser Nummer an? Bist du wahnsinnig geworden?«

Es war eine männliche Stimme mit flachem Südstaatenakzent und klang verärgert. Und Olivia erkannte sie aus dem Fernsehen, wenn sie in ihren schlaflosen Nächten den C-SPAN-Sender schaute. Ihr Gehirn erteilte einen Befehl. *Raus.*

Also legte sie auf und schaltete in aller Eile das Gerät aus. Sie drehte es um und drehte den Batteriefachriegel um fünfundvierzig Grad. Sie öffnete den Deckel und holte die Batterie heraus. Dann zog sie das Ladegerät aus der Steckdose. Sie warf das Ganze zusammen mit ihrer Waffe, Geldbörse und ihrem Personalausweis in die Handtasche. Dann schnappte sie sich das Wegwerfhandy vom Küchentresen, ließ aber ihr persönliches Handy liegen. Sie blickte sich noch einmal in der Wohnung um, setzte die Sonnenbrille auf, rannte in den Flur und die Treppe hinunter.

Sie raste an Alma vorbei und stürmte durch die Tür. Sie ging auf den Bürgersteig und rannte weiter. So schnell sie konnte überquerte sie das Freedom

Plaza, die Pennsylvania Avenue hinunter und schließlich auf die Tenth Street. Sie achtete nicht auf rote Ampeln, Autos oder Kindermädchen, die doppelte Kinderwagen schoben.

Ihren Berechnungen nach wäre gerade jetzt ein Killerkommando in ihrer Wohnung, die nach Hinweisen suchten, um sie ausfindig zu machen. Und wenn sie sie fassen würden, wäre sie eine tote Frau. Sie beschleunigte.

Sie stürzte durch die Türen des Justizpalastes und schlitterte zum Halt vor dem Sicherheitsposten. Der Sicherheitsbeamte hätte fast seine Waffe gezogen. Sie hob beide Hände in die Luft und keuchte: »Ich muss ganz dringend Oberstaatsanwalt Ryan Hayes sprechen.

Bitte, es ist ein Notfall.«

14

Trent ignorierte die Kurvenwarnzeichen und schleuderte um die scharfe Kurve, die zu Lloyd Sampsons Straße führte. Es war absolut undenkbar, dass sich Sampson die Lampe ausgeblasen haben soll. Es konnte nur eine Erklärung geben, aber keine gute. Die Men in Black aus dem Pub hatten Sampson einen Besuch abgestattet. Trent gab Gas. Er musste mit Jake reden und einen Schutzbeobachter zu Carlas Vater schicken. Sofort.

Er trat das Gaspedal bis zum Anschlag durch und flog buchstäblich den Weg zum Anwesen hinauf. Der Kombi von Olivias Tante machte bei jedem Hügel einen Satz, aber darauf konnte er jetzt keine Rücksicht nehmen. Schließlich entdeckte er

Jacks schwarzen SUV mitten auf dem Feldweg. Jake stand mit beiden Beinen in Kampfstellung vor dem Auto. Trent trat in die Eisen und kam quietschend zum Stehen.

»Kumpel, was zum —?« Er stieg aus dem Auto aus und ging auf Jake zu. »Ich hätte dich überfahren können.«

»Bist du bewaffnet?«

Diese unerwartete Frage machte in stutzig. »Was? Ja. Was ist hier los? Ich dachte, dein Kumpel würde uns ins Haus lassen?«

Jakes war gezeichnet, seine Augen weit aufgerissen und besorgt. »Planänderung. Wie viel Geld hast du bei dir?«

Trent schätzte den Inhalt seines Portemonnaies. »Keine Ahnung. Hundert Mäuse?«

Jake holte eine Rolle mit Banknoten hervor und zählte ein gutes Dutzend mit Fünfzigern ab. »Nimm das als Startgelt.«

»Was ist hier los?«

Jake biss sich auf die Lippe. »Der Selbstmord wird jetzt als verdächtiger Tod, vermutlich als Tötungsdelikt untersucht.«

»Na, so eine Sch–«

»In der Bibliothek stehen drei benutzte Whiskeygläser. Wenn sie von der KTU untersucht werden, was meinst du, wessen Fingerabdrücke drauf sind?«

Trent fiel das Herz in die Hose. »Oh, nein!«

»Aber warte, da gibts noch mehr.« Jakes Stimme klang eindringlich.

Trent verkrampfte sich. »Was?«

»Als die örtliche Polizei die Umgebung abgesichert hat, fanden sie deinen Seesack im Wald, direkt hinter Samsons Sommerhaus.«

»Was?«

»Irgendjemand versucht, dir das anzuhängen.«

»Eines muss ich ihnen lassen – sie machen einen verdammt guten Job.«

Sein Boss und Freund nickte. »Das tun sie wirklich, in der Tat.«

Trent fuhr sich mit den Fingern durch die Haare und dachte nach. »Wie kommt es, dass sie mir immer einen Schritt voraus sind?«

Jake zog eine Grimasse. »Ganz einfach. Du kennst doch Craig Martin, der IT-Typ?«

Er blätterte durch seinen Datenspeicher seines Gehirns. »Ehrlich? Nein.«

Ein kurzes bitteres Lachen. »Er ist zwar keine Leuchte und sein Lebenslauf war miserabel, aber er hat Verbindungen. Sein Onkel ist Senator und seine Schwester Diplomatin. Craig ist ein Genie im

Umgang mit der Technologie. Ich habe ihn eingestellt, um Jillian einen Gefallen zu tun.«

Trents Magen drehte sich um. »Moment mal, Jillian Martin ist seine Schwester?«

»Ja, wieso? Du kennst sie?«

Er schüttelte langsam den Kopf. »Nein, aber Carla. Jillian war bei der Botschaft in Abuja stationiert. Sie haben sich gelegentlich zum Frauenabend getroffen. Sie war Teil von Carlas Deckung, aber sie haben sich angefreundet.«

»Die Welt ist klein.«

»Ach wirklich?« Trent mochte keine Zufälle.

Jake überlegte. »Vielleicht doch nicht. Alles, was ich weiß, ist, dass ihr Bruder die ganze Woche nicht zur Arbeit erschienen ist. Und er geht auch nicht ans Telefon. Ich habe ein paar Leute von der Forensik auf meinen Computer und die Telefone angesetzt. Ich glaube, dass er Wanzen in meine Geräte eingebaut hat. Wenn ich recht habe, dann weiß er alles, was ich weiß.«

Er gab einen leisen Pfiff von sich. »Vielleicht kannst du das zu deinem Vorteil ausnutzen, um ihn anzulocken. Lege einen Köder aus.«

»Ja. Ich muss mit Ryan reden.«

»Ich glaube, ich auch. Ich muss meinen Kopf aus der Schlinge holen.«

»Ja. Und danach solltest du für eine Weile verschwinden.«

Sie sahen sich in die Augen. »Danke«, sagte Trent.

»Du würdest das Gleiche für mich tun, Bruder.«

»Das würde ich.«

»Ich weiß.«

Sie reichten sich die Hände. Trent fragte sich, ob er Jake jemals wiedersehen würde. Kurz darauf hörte man die Sirenen der Streifenwagen den Hügel hinauffahren.

»Bis dann.« Er rannte zum Auto zurück, während Jake den SUV an den Straßenrand fuhr, um Platz zu machen. Trent flitzte davon, an Jake vorbei, bis Sampsons Landgut außer Sichtweite war. Er musste herausfinden, was Mildred drauf hatte.

15

Ryan beugte sich vor und balancierte mit den Ellbogen auf den Knien seines teuren Anzugs. Er starrte Olivia finster an. »Weißt du, was das bedeutet?«

Sie nickte.

»Sags mir.«

»Ich habe das ranghöchste Mitglied des Geheimdienstausschusses des Senats in den Mord an einem Navy SEAL involviert.« Sie machte Gesten zum QL-Telefon, das zwischen den beiden auf dem Schreibtisch stand.

»Und du bist dir sicher, dass der Mann, der den Anruf angenommen hat, Senator Townes war?«

»Ganz sicher, Ryan.«

»Bitte erzähl mir das alles nochmal, aber schön langsam zum Mitschreiben.«

Sie kam sich vor, als wäre sie wieder bei der Offiziersausbildung. Sie setzte sich gerade und legte die Hände brav in ihren Schoß. »Dieses Telefon gehörte jemandem namens Jillian. Der Senator hat ihr, wer auch immer sie ist, ein SMS geschickt und ihr aufgetragen, sie solle Carla Ricci zu dem Treffen schicken, das schließlich zu ihrem Tod geführt hat.«

»Jillian ist vielleicht Jillian Martin, Senator Townes Nichte.«

»Echt?«

»Sie war Attaché an der U.S.-Botschaft in Nigeria, als Carla und Trent dort stationiert waren.«

»Was?«

»Sie wurde versetzt – befördert – an einen Posten in der Botschaft von Peking.«

»China.« Sie starrte auf das Telefon.

»Du glaubst, dass es eine Verbindung zwischen Lieutenant Commander Riccis Tod, der Bestechungsaffäre Qīng Líng und dem unbegründeten Gerücht um Boko Haram gibt?«, fragte Ryan.

»Du etwa nicht?«

»Das erscheint mir die logischste Erklärung der

Beweisführung«, sagte er mit der Stimme eines Rechtsprofessors an der Uni.

»Ich frage mich, wie tief diese Angelegenheit geht. Vielleicht hat auch Konteradmiral Sampsons Tod etwas damit zu tun.« Ihre Stimme krächzte vor Begeisterung. Sie konnte nichts dagegen tun. Für genau diese Art der Intrige lebte sie.

Ryan zog die Stirn in Falten. »Ich weiß, dass das für eine ehemalige NOC das größte Vergnügen ist. Aber bist du dir im Klaren, dass ich dich jetzt, während wir die Untersuchungen durchführen, in Schutzhaft nehmen muss?«

So etwas hatte sie sich schon gedacht. »Okay.«

»Ich meine es ernst, Olivia. Keine Anrufe mehr mit deiner Mutter und Ted. Keine Chats mit Chelsea oder Marielle. Du musst von der Bildfläche verschwinden.«

»Ich verstehe.«

Er blickte sie eindringlich an. »Und kein Trent.«

Ihr Magen krampfte und sie versuchte, eine neutrale Miene zu machen. »Natürlich. Ich will mich nur noch von ihm verabschieden.«

»Nein, das wirst du nicht.«

»Ryan. Bitte.«

»Nein, es tut mir furchtbar leid. Ich rufe jetzt den Sicherheitsdienst an und sorge dafür, dass du

Personenschutz bekommst. Zum Abendessen bist du in einem sicheren Haus.«

Trent hatte endlich zu ihr gefunden und jetzt würde sie ihn fallen lassen, wie eine heiße Kartoffel. Aber hatte sie die Wahl? Tief in der U.S.-Regierung hatte sich ein Krebsgeschwür eingenistet und Metastasen gebildet. Sie wusste, dass sie es ausrotten, zerstören konnte. Sie musste es tun.

»Okay.«

Ryan prüfte ihr Gesicht und suchte nach etwas. Nach einem Augenblick hatte er offensichtlich gefunden, was er suchte, denn er nickte. »Okay, gut.«

»Gut«, wiederholte sie im Echo und ignorierte den schmerzenden Pfeil in ihrer Brust.

16

Trent wusste, dass es das Klügste war, direkt in Ryans Büro zu gehen. Natürlich war es das.

Dennoch befand er sich plötzlich in einer Bodega, nur vier Blocks von Olivias Wohngebäude entfernt. Obwohl Frühstück eine ferne Erinnerung war, kaufte er zwei schwarze Kaffees, eine Tüte Bagels und eine Tüte Donuts. Da er nicht genau wusste, ob sie eher ein Bagel-Mädel oder ein Donut-Mädel war, wollte er auf Nummer sicher gehen. Er hätte den Rest seines Lebens Zeit genug, um ihre Vorlieben kennenzulernen. Alle und einschließlich alle.

Er wusste, dass seine unbeschwerte Stimmung nur Selbstverteidigung gegen das war, was kommen würde. Er müsste sich unauffällig verhalten, womöglich fliehen, während Ryan daran arbeitete, seinen Namen reinzuwaschen. Er und Olivia wären, schon wieder, voneinander getrennt. Aber es wäre nur provisorisch. Es würde sich lohnen.

Er klopfte an die Lobbytür und die freundliche Frau hinter dem Schreibtisch drückte ohne lästige Fragen zu stellen den Türöffner, um ihn hereinzulassen. Als er am Empfang vorbeiging, schnappte er Bruchstücke der Fernsehnachrichten auf, die seine Aufmerksamkeit erweckten:

»Quellen des Verteidigungsministeriums berichten, Informationen zum Mord eines Navy SEAL erhalten zu haben, der in Abuja, Nigeria, stationiert war. Ein hochrangiger Politiker soll in den Tod verwickelt sein. Man spekuliert, dass es eine Verbindung zwischen dem Mord, dem jüngsten Bestechungsverdacht, der den Senatsunterausschuss für Kommunikation, Technologie, Innovation und das Internet erschüttert hat und der heutigen schockierenden Nachricht zum Selbstmord von Konteradmiral Lloyd Sampson, gibt. Eine Sprecherin des Justizministeriums verweigerte jeglichen Kommentar und berief sich auf eine laufende Untersuchung.«

Die Worte drangen in Trents Bewusstsein ein. Er ließ die Beutel mit dem Frühstück auf den Tisch des Sicherheitspostens fallen und rannte die Treppe hoch, zwei Stufen auf einmal. Am Ende des Flurs stand Olivias Wohnungstür weit offen.

Sein Herz zog sich vor Angst zusammen und er sprintete. Als er durch die Tür flitzte, schrie plötzlich eine junge, dunkeläugige Reinigungsfrau.

»Es tut mir leid. Tschuldigung«, schrie er, hob die Hände über den Kopf, um ihr zu zeigen, dass er keine Bedrohung für sie darstellt. »Ich suche Olivia. Olivia Santos?«

Sie holte ihre Ohrstöpsel heraus. »Es tut mir leid, Mister. Sie ist weg. Die Verwaltung hat mir gesagt, ich soll ihre Sachen in einen Karton packen und die Wohnung für einen neuen Mieter reinigen.«

Weg.

Er durchsuchte das Wohnzimmer. Sie hatte es eilig gehabt. Ihre Wassergläser standen immer noch auf dem Tisch. Die Kaffeekanne war noch zur Hälfte gefüllt. Ihr Buch lag umgedreht auf dem Küchentresen, neben ihrem Handy.

Weg, ohne sich zu verabschieden.

Er nickte der Frau wie betäubt zu und taumelte aus der Wohnung.

Olivia, was hast du getan?

Olivia und Trents Geschichte geht in *Lichterloh* (*Shenandoah Shadows Novelle 3*) weiter. Sofort bestellen!

Lassen Sie sich von dem packenden Ende der Geschichte von Olivia und Trent in der dritten Novelle der Shenandoah Shadows-Serie von *USA Today* Bestsellerautorin Melissa F. Miller mitreißen.

Ihre Beziehung wurde im Feuer geschmiedet. Jetzt werden sie der brandgefährlichsten Gefahr von allem ausgesetzt: sich selbst.

Olivia war viele Jahre lang in einer lieblosen Ehe mit einem eiskalten Kontrollfreak gefangen, zu lange für ihren Geschmack. Nachdem sie endlich wieder frei war, schwor sie sich, niemals mehr eine Beziehung einzugehen, die nicht auf leidenschaftlicher, wahrer Liebe aufgebaut ist. Sie dachte, diese mit Trent gefunden zu haben; offensichtlich lag sie falsch.

Wenn Trent die Augen schließt, sieht er nur

Olivias große blaue, feurige Augen. Im Schlaf berühren seine Hände ihre Körperkonturen. Aber jeden Morgen wacht er allein in einem kalten Bett auf. Er weiß sehr wohl, dass er sie nicht verdient hat. Deshalb ist er fest entschlossen, sie links liegen zu lassen.

Leichter gesagt als getan.

Als sie beide vom Bundesstaatsanwalt als Zeugen zu einem Strafprozess geladen werden, geraten sie in Lebensgefahr. Sie werden gemeinsam in einem geheimen Unterschlupf in einer Art Zeugenschutzhaus untergebracht und versuchen um jeden Preis, sich aus dem Weg zu gehen. Aber als das Zeugenschutzhaus in Flammen aufgeht, landen sie wieder am Ausgangspunkt, nämlich dort, wo alles begann: Auf der Flucht und sie können niemanden vertrauen, außer sich selbst.

ÜBER DIE AUTORIN

USA Today Bestsellerautorin Melissa F. Miller wurde in Pittsburgh, Pennsylvania geboren. Obwohl das Leben und die Liebe sie nach Philadelphia, Baltimore, Washington, D.C. und schließlich nach South Central Pennsylvania geführt haben, ist Pittsburgh insgeheim immer noch ihre Heimat.

Im College studierte sie englische Literatur mit den Schwerpunkten Schreibpoesie und mittelalterliche Literatur und war nach ihrem Examen schockiert, als sie erfuhr, dass es dafür keine Stellen auf dem Arbeitsmarkt gab. Nachdem sie mehrere Jahre als Redakteurin gearbeitet hatte, kehrte sie zur Universität zurück, um ein Jurastudium zu absolvieren. Sie war eines dieser nervtötenden Strebermädchen, das den Unterricht liebte und immer ihre Hand hob. Sie praktizierte fünfzehn Jahre lang als Juristin, unter anderem als Mitarbeiterin eines Bundesrichters, fast ein Jahrzehnt als Anwältin bei großen internationalen Anwaltskanzleien und leitete viele Jahre eine zweiköpfige Anwaltskanzlei mit ihrem Ehemann, der ebenso Anwalt ist.

Jetzt, angetrieben von Kaffee, schreibt sie Justiz-Thriller und unterrichtet ihre drei Kinder zuhause. Wenn sie nicht schreibt, aber manchmal auch, wenn sie es tut, reist Melissa mit ihrem Mann, ihren Kindern, ihrem Hund und ihrer Katze in einem Wohnmobil durch das Land.

Kontaktieren Sie mich:
www.melissafmiller.com